草原之歌

藍晶

獻給

天上的媽媽

和

喜愛大自然的讀者

自序　草原，觸動了我的心弦

藍晶

今年二月間一個週末，如常在中文學校工作了一整天，晚上打開電腦查電子郵件，查到佛州弟婦送來部YouTube電影，好怪的片名，就叫《37》。多年來我不上影院，也不看任何新電影，這回想，試試看吧？也不一定要看完。真沒料到，一打開，那遼闊無涯的內蒙風光、都市來的講究外客與當地的天然純樸之強烈衝突對比、小孩兒的純真高揚歌聲，竟戲劇化地引著我一路看到完，仍覺意猶未盡，全日的工作疲勞好像都滌清了。接下來數天，又抽空反覆收看了多遍。相信不只是吸引到我，還不知吸引到多少塵勞重重的現代人。當我們已被科技層層綑綁、被污濁的空氣薰得窒息、通訊發達卻又彼此隔離的時候，怎不渴望回歸擁抱那大片天然草原的清涼、純善和樸實？我們多需要綠野的滋潤、善樸的回歸啊！洶湧的人潮、車潮，我們無法長久忍受喧囂。是以，我用描寫此片的一篇〈草原之歌〉來題這第四本散文集。

這集有三卷：卷一「松窗心語」為近三年來陸續刊登在《亞特蘭大新聞》的文稿，有三十六篇；卷二「遠去的呢喃」為一九九四年到二〇〇三年間先後發表於亞城各華報但未收入前三本散文集的舊文，有十一篇；卷三「旅遊採摘」為三次回台、一次去加州灣區的簡記，有十篇。末卷還包括紀念媽媽的文章，有賀壽、有悼念、有回思，還有一首回台奔喪的詩。我親愛的高齡的媽媽已於二〇一三年台北時間三月九日清晨仙離。心中的哀痛都化為文字，接綴在旅遊中。且收拾起哀傷，再奮勇前進，這就是人生啊！

二〇一四年六月十八日　美國亞特蘭大

目次

卷一　松窗心語

卷二 遠去的呢喃

卷三　旅遊採摘

卷一

松窗心語

傾聽大地的心聲

回憶幼時，農田遍野；曾幾何時，車陣不歇。這個世界，別說近五十年來，單是近十年來，其演變之快速，已令人屏息！

我們人類不斷凝聚的智慧，使夢想能一樁樁地實現，化多少「不可能」為「可能」，神奇得讓人覺得有幸生在今日。科技愈來愈發達，交通愈來愈便捷，通訊愈來愈神速，各種新產品愈來愈精巧奇妙地陸續推出，各種手術輕而易舉地像變魔術，各行各業的各項科學研究孜孜地在進行。但另一方面，不少慧眼前瞻人士早已覺察出這種輝煌成果的代價竟是：空氣污染、氣候異常、溫室效應、海洋污染、綠地縮減、稀珍動物瀕臨絕滅等等可憂現象。自十八世紀工業革命以來，人類為所欲為地更上層樓，積極奮進，卻逐漸嚴重糟蹋了我們與其他動植物共同生存的美麗地球。終於，它再也承受不住過份的榨取剝削、過多的污濁薰染、過密的人為建築、過量的垃圾堆積，它已傷痕累累，它嚴重被激怒了！終於怒火爆發，怒海澎湃，可憐多少人類的生命和文明結晶，剎那間毀於旦夕，慘不忍睹。

這是聰明的人類該扭轉進步方向、收斂腳步的時候了。全球人類應開始儘量少開車，少用油，少污染；少貪口腹之慾，少吃肉，減少過多人為不當的飼養，減低毋須有的資糧耗費，多素食，既淨身又健身，還能降低毋須有的醫療開支；少製造垃圾，多做環保回收；少營華屋，多種樹；減少夜生活，節約能源，早睡早起，配合天地作息，方能健康平安。現代科技人類若不在生活上速作突破性的轉變，則像日本三一一東北大地震的超級災難，還會接踵而來。為了人類前景的安全，已刻不容緩了。

二〇一一年三月十五日

優雅

英文版《讀者文摘》的主編Liz Vaccariello在這期分頭採訪了兩位總統候選人，也分別對他們提出一些相同的問題。印象深刻的是當她問到歐巴馬，哪個字是他最喜愛的？歐巴馬毫不猶豫地吐出：「Grace」，因為他覺得「優雅」是全人類所要努力追求的特質。它不只是內具，也可以外學；它不僅屬於個人，也密切聯結到與他人的關係，我深有同感。

從「優雅」，會聯想到我們從小到大的受教育，不就是要薰陶成因豐富學識而自然流露出的優雅氣質、優雅談吐、優雅待人處世？教育與營造出個優雅社會實有不可分離的密切關係。

從「優雅」，我聯想到我們傳統的倫理道德教育。忠孝節義是優雅，禮義廉恥也是優雅。君子射箭的「揖讓而升」是優雅的爭；夫婦相處的「相敬如賓」是優雅的敬；華人傳統注重「禮尚往來」，是優雅的待客之道。「優雅」不但美化了自我形象，也潤滑了人際關係，實是文明人生中不可或缺的要素。很可惜在目前這急遽多變的工商社會裡，不少人在追名逐利的過程中，已將它完全遺失了。貪婪詐騙，是優雅嗎？行竊搶劫，是優雅嗎？包庇造假，是優雅嗎？壟斷牟利，是優雅嗎？多少汲汲營營者為了厚利而不擇手段，誰會「癡傻」到賺錢賺得優雅呢？當「精進」與「品德」分道揚鑣後，就是人類社會最大的悲哀，也是人類社會最大的亂源。再前進的科技也不能帶給我們溫暖和幸福。

我們需要優雅，如同冬天的太陽，夏日的涼風。幸而，循規蹈矩、心懷良善的正人君子仍可覓到，人溺己溺、雪中送炭的善士好人仍未消失，都在盡己之力，點點放光，人類社會也因他們的優雅熱忱，還有希望。

二〇一二年十一月二日

優雅與學位

住家附近位於超市內這家銀行分行，向來對客戶和善。近年來經濟不景氣，對顧客更是奉承有加，每次我一到，她們就Mrs. Wang長、Mrs. Wang短的，招呼得無微不至。其中有位玉白肌膚、秀麗面容的金髮出納員尤其溫善可親，她的禮貌殷勤在滿臉帶笑中自然流露，不像是職業性的。

前天中午，我趁買菜之便，又有事「駕到」，輪到這位較資深的金髮女「掌櫃」。這回不是存支票，也不是支取現金。

我抽出一張大鈔：「我想換些小鈔，比較新的，拜託！要給學生紅包呢！中國年快到了。」

「沒問題！」她滿臉溢著笑，又驚訝道：「我不知道您是老師啊！」

我回她：「我是中文老師，在中文學校工作。」

她一震：「中文？唷，那一定很難學吧？」

我笑了：「對說英語的人，是比較難。」

她坦言道：「我怕學不來，何況，我沒讀大學呢！」

她的最後一句倒讓我一驚。總是謙和應對、流出嫻雅風範的她，不像是缺了學位。繼而又想，在美國當銀行出納員又何嘗須要大學畢業？縱然如此，在我心中，已給了她學位。心性修養，原不只是在追求文憑的過程中獲得。

二〇一二年一月十三日

在那遙遠的地方

「在那遙遠的地方，有位好姑娘……」遠在小學五、六年級時代就接觸到這首高揚的青海民謠，最喜那句「她那活潑動人的眼睛，好像晚上明媚的月亮」那是我多麼嚮往欽慕的明眸啊！可是放眼周遭，盡是埋首準備聯考的乏滯眼神。擁塞的都市樓屋，哪兒是遼闊的草原？污濁的交通車潮，哪兒是舒爽的空氣？自然孕育不出有著動人眼睛的美麗少女。那遙遠的邊疆風情，只能美在心中。

小學三年級時，離開山城九份，遷去瑞芳、台北，是我成長環境一個極大的轉捩點。九份雖然沒有一望無際的草原，卻是面海依山一個獨特的清幽雅村。上學，如同爬入山的懷抱；放學，又迎向太平洋的蔚藍。海水，就晃在後院視野下；夜星，近得彷彿可以摘落。夏蟬在暑天裡，遠近噪得殷勤；多少彩蝶舞過群花，多少透翅的蜻蜓兒輕掠溪澗。與大自然協配的日式榻榻米屋，封存了我最美的童年，在那遙遠的年代。

來到台北，我們如父親所願，先後接受了完善的教育，但也付出了告別大自然的代價。看不到碧綠的原野，吸不到鮮潔的空氣，聞不到泥土的芳香，除了書本，還是書本，我們已失去原應活潑動人的明眸采姿。多年來電視、電腦的普及，近年來智慧型手機的突起，風潮吹得眾人披靡，紛紛晉級為「低頭族」。上天應歎息，這該不是祂當初創造靈魂之窗的原意。當您聚焦於掌上寶貝時，是否記得頭上的白雲悠悠，就在並不遙遠的地方？

二〇一三年十月十六日

按：九月二十九日晚，觀賞來自台灣的國慶文化訪問團，聆許景淳加唱〈在那遙遠的地方〉有感。

女狀元

十多年前，翻譯過一篇《讀者文摘》上的〈一句話改變一生〉。從文中體會到，在待人應對上，講話有多重要。一句不經心的輕蔑語，可能傷人良久；而一句善意的鼓舞，也可能扭轉人的一生。

記得在一九六六年剛考入台大時，雖是進了嚮往的國立大學，但因挫敗於作文和數學，分數不夠高，未能攀上第一志願外文系，連心儀的歷史系和中文系，也因幾分之差，沒能躋身入內，倒被分去了冷門的考古人類學系。心想，好歹是文學院的科系，試試看吧！媽媽欣悅於我擠入了台大，要我先給早逝的父親上香。二哥聽到我進了考古系，爆出大笑，為這相當古怪的系名吧？

就這份「雖敗猶榮」的心情度過那甩脫聯考夢魘的漫長暑假。諸多親戚朋友絡繹來訪，自然都是賀聲不絕，他們想榜上有名、又考上台大，相當不錯了。印象最深刻的是一位媽媽的好友，她先生是三洋公司的總裁，大家都暱稱她「三洋娘仔」，她和我媽一般年紀，身材嬌小，芙蓉玉貌，常打扮得高雅華麗，和我媽那一群佛友，隨著放生會、地藏王會、六度實踐會等的活動，到處穿梭禮拜於台北各大寺廟間。暑假裡有那麼一天，她也芳蹤蹤駕到，得知我上榜，滿臉帶笑，還伸出晃著翠玉鐲子的手腕跟我握手，又銀鈴玉韻地吐出一句：「啊！女狀元！」我霎時覺得好新鮮、好美的一句話，把我的平庸巧妙地往上拉了。後來在台大，雖沒能因她的溢獎而奪目拔萃，仍一慣溫斂平庸，然那句像一頂麗冕的「女狀元」和她那無比高雅的談吐風範，恆常亮在我心上。

當你讚美別人時，其實已提高了自己的身價。

二〇一一年十一月二十九日

寧靜

最近，在萬事理畢的晚上，又一章章地孜孜重溫九百多頁的《飄》。上週讀到郝思嘉偷看了艾胥黎寄給美蘭妮的信，其中有段，深入解析了他不同於俗人的心性，試譯如下：

當我躺在軍毯上，仰望滿天繁星時，不禁自問：「為何我來打仗？」我想到南方聯盟的主權、棉花、黑奴以及我們從小就學會憎恨的北方佬。我深知那些都不是我從軍的理由，倒是十二橡園在我眼前浮現。還記得當月華斜透前廊白柱時，木蘭出落得額外非凡，在月下開展仙姿；還有攀生薔薇茂密得為邊廊添蔭，甚至在最熱的暑天。彷彿看到媽媽坐在那兒縫衣，如同我小時候看到的她。我聽到黑奴們在薄暮時分越野歸來，疲累地哼著歌，要去晚餐；還聽到井邊的水桶下墜汲水的聲音。難忘那綿長的視野順著小路直下到河邊，越過棉花田，在曉旭中從遙遠下方升起的薄霧。那就是我為何在這兒，對死亡、悲苦、榮耀、憎恨已無所眷戀。

當我向妳求婚時，以為十二橡園的生活會一直平靜安寧、簡樸不變。我們好相像啊！美蘭妮，我們都喜歡安靜的東西，我展望有一長段太平歲月可供我們閱讀、聽音樂、作夢……

在書中，我這不現實的女人讀到了知音。是啊！我享受寧靜，何嘗喜歡周遭科技的諸多噪音：空中有飛機，地上有汽車（雖大部份已安靜穿梭，然其污染空氣則一），還有形形色色各式各樣的機器，常冷不防地交相襲來。外出散步，最怕聽到割草機，尤其是刺耳的吸葉機，天！好逸的老美！怎不用耙子呢？又安靜，又運動。我在家中，並不介意沒完沒了的家事，勞動啊！倒是震耳的吸塵器，萬不得已，不用它。現代人為科技而付出的代價，怎一個「大」字了得？連寧靜，這天地間最原始美妙的音聲，竟如此珍貴難得。

我享受女兒出門後的清晨，沒有收音機陪她理便當的喧擾，只有窗外安寧的綠，在晨風中輕柔晃搖，伴我享用悠閒的早餐。

二〇一四年二月十九日

尋

多年來，深覺「人生三樂」是：苦盡甘來、美夢成真、失而復得。今晨，驚濤駭浪地體驗到最後一樂。

平素，自認對身邊諸多雜物蠻懂得規劃安置，幾乎是要取什麼就取到什麼，罕有迷糊狀況。不像過去老爺子經常雜亂地放，三天兩頭在找東西，找得天翻地覆，還聲勢浩大地要我幫，自己放時沒腦子，找時哪有路線呢？未料……

今天上午，趁暑假期間，大肆搬移清理主臥房內諸箱剪報、日記、文稿及畫冊時，分明記得在梵谷畫冊上原貼放著陳滿根先生（亞城畫家陳文澤之師）遠從福建寄來的畫集，因其龍飛鳳舞的書法實在美，他那用毛筆揮灑出的我的筆名及地址封套也捨不得丟，就壓在其畫集下；數晚前還抽出來欣賞一番，暫擱附近，因夜睏欲歇，未放回。但就在今晨為大量的亞城園地剪報換新箱，搬到下面主樓書房後，就不翼而飛。遍尋臥室各角落，又來去搜索主樓書房，就是渺無蹤影，蕩然不存，可真是怪事！無論如何，不可能它自己遁形消失啊！這時候才體會到，什麼叫「失魂落魄」，什麼叫「茶飯無思」，也才了解到原來自己對美麗的書法竟然如此情深。不是要留他的地址，別封信上也有，就是要那毛筆字呵！

女兒安慰我：「媽，別擔心！它會出現的。又沒丟到外頭去，好歹在屋子裡嘛！」心雖懸著，還是得辦正事。勉強振作起來，去跑一趟農夫市場採買。回到家，仍不灰心，靜下來細細思考：我到底做了什麼？在挪畫冊前，不過先清出剪報，換了箱，再往下搬。且去查查剪報，會不會不慎夾在裡面？於是來到主樓餐室旁的書房，滿滿一箱，在齊整的一大疊中，從上往下翻尋搜找，竟然在最底層，赫然驚見它！這一上午千思萬想的毛筆字封套，正好端端地躺在那兒！於是趕緊告知女兒：警報解除了！並沉下來思量，許是當初將剪報清出時，就擱在它上面，然後一把抱起置入新箱而不覺。心魂回來了，是為記。

二〇一三年七月十一日

按：當晚上網讀到台灣作家廖玉蕙的一篇〈依稀記得〉，提到她竟然不記得何時將衣服送洗？又記不起是哪件衣服？倒有趣，她還算比我年輕呢！

彩色的信

旅居日本多年的大女兒，會每隔幾個月，給我寫封細細密密的長信，夾幾張她的生活旅遊照。這種傳統的溫馨接多了，也覺理所當然，無特別感受。今夏，我從台北回來後，卻收到她一張閃著細碎翠晶的淡綠卡片，是那種我所鍾愛的淡淡的苔綠擊中了我的心坎？使我一陣欣喜，立即寄電子郵件謝她。當晚，陷入沉思——這個細心女兒，在生活繁忙、電腦發達的今日，怎會有這份耐心寫信寄卡的？連我有了電腦，早不耐拿筆問候了。假如她可以對我這般，為何我不能如法炮製也提筆寫信寄給在台北不用電腦的高齡媽媽？縱然她老人家會看佛經而不會看信，也可讓同住的大弟唸給她聽啊！大弟可藉此「使命」多接近媽媽，促進溝通；媽也不至於成日與外勞為伍。心中有了決定，便馬上行動，開始「復古」，翻出久違的信紙，細細密密地向媽報告起我的生活點滴。在當今美國郵政急遽衰退、危機四伏之際，多少有丁點「起死回生」之效吧？

寫第一封除了信，還用電腦印出在董教授公子家參加驚喜派對的彩照，也讓媽媽瞧瞧照片啊！以後陸續寫的，開始自己創造出「彩色信紙」。即將喜愛的相片或圖片挪印到文書軟體上，打出中文說明，連同照片印出，成了彩色的信頭，其下空白就用來寫信。每次以不同的照片、不同的大小、不同的位置，次次給收信者美麗的驚喜。於是先後寄出了前院的秋海棠、臥房牆上媽媽畫的菜瓜、書香社聚會、書友蘭惠家的荷花、美國友人的慶生餐聚、前院的黃菊花、國慶酒會、史丹福校園等等相片的飾圖。昨晚寄出的是黃春明演講會後的合影。

這是數位相機結合電腦，印出後再傳統化、溫馨化，讓頹喪的郵差亮眼，使冷落的信箱再度被期盼。多次下來，大弟好像蠻喜歡這份差事，只是媽媽不過癮，偶爾還是會來電話：「一直收到妳的信，還想聽聽妳的聲音啊！」我這寡言的人，向來不熱衷電話，所說有限，又往往「撞」不對時間。「我不敢打電話啊！早打怕您在拜佛或吃早餐，晚打您又出去遊園了。」可不是？她老人家的節目排得可密呢！

二〇一一年十一月三日

從一齣歌劇談起

怎麼最近跟義大利如此有緣？耶誕節前數天，才和美國好友在Forum（註一）的義大利餐館Mambo聚聊，歲末週六中午又受邀去Buckhead（註二）的小義大利Maggiano's暢享道地義餐。為防車潮，提早半小時抵達。在近午的耀眼冬陽下，高臨桃樹路的川流車陣，歇坐館前簡雅園飾的石椅上，抽出細薄的《波西米亞人》歌劇故事簡介，重溫一番，腦中仍漲滿了它的浪漫旖旎。

話說看來粗心的二女兒倒也貼心，數年前送我一大本美國詩集，而這回送我的耶誕禮物是一片義大利名歌劇作曲家普西尼的La Boheme DVD。在我先後忙完她哥哥、妹妹過節回去後，開始騰出電視，讓我開封欣賞，並替我選了英文字幕。

第一幕已開始引人：此劇先將詩人、畫家、哲學家、音樂家，這些為人類創作出美善的文藝家們聚在一起，聚在豪奢雲集的巴黎城中一小閣樓上，窮困潦倒，在外頭歡騰熱鬧、無數炊煙升起的耶誕前夕，他們卻在冷爐邊受寒挨餓，還欠繳房租。哲學家外出要當書，畫家和詩人差點燒椅子取暖，最後詩人護畫，燒了自己的劇稿，使爐子亮出溫暖的希望。哲學家頹喪地回來，說聖誕夜當鋪過節關門。天無絕人之路，音樂家帶回天大的豐收，從某富翁處中了「大獎」（替他致死一隻鸚鵡的報酬）回來，又是錢，又是食物，又有燃木。正在歡欣暢享，房東進來催租，卻被他們灌醉，被引著道出浪蕩行徑，再被他們集體轟出。好一段詼諧，像是平劇中丑角的插科打諢。

文藝家得潦倒到燒其作品取暖，可能太誇張，但卻是多麼一針見血的諷刺寫照！在現實社會裡，何嘗不是？多少文藝家，受苦受難，無人尊重愛惜，有幾位一帆風順、受到優厚禮遇？很喜歡此地文友雨蓮在其詩中對藝術家的詮釋：

是誰　傳下這一種古老的行業
在每一個年代的黑夜
留下盞盞照亮心靈的燈
一幅畫　一首詩　一個音符
納入了天地日月之精華
也蘊藏著一生的顛沛與流離
是誰　讓你選擇這一種行業
飽滿的感情　孤寂的靈魂

多麼矛盾與痛苦的人生啊
你以自己的生命為柴火
為這暗夜的星空
劃下一道寂寞的亮光

多麼貼切的描繪啊！

男女之情，常是任何戲劇情節的主流，這齣也不例外，但普西尼卻讓其開展得如此溫婉抒情，浪漫而哀戚。當畫家、哲學家、音樂家三位有了錢，先出外要去拉丁區狂歡時，詩人Rodolfo獨留下來續稿。此時鄰家樓下一纖弱的年輕女子上來嬌聲敲門，要求點亮其燭火。詩人聞聲一振，即刻殷勤接待。弱女子因爬梯而微咳，Rodolfo以酒暖她，她得了燭火，離去又折返，因掉了鑰匙。驚惶中，兩人的燭火都滅了。歡暢高昂的男高音開始吐出了句句美麗的詩歌，他自稱是一無所有的詩人，卻很快樂，在愛的節奏中，如地主般富有，幻夢裡有他的城堡，他的靈魂是百萬富翁。暗黑中，他迷上她的晶亮明眸，當月光瀉進，他心醉於她的玉白面貌。他問她的身世，她說她原名Lucia，大家暱稱她Mimi，她是獨居的單純繡花女，也喜歡做花，做水仙、做玫瑰，從花中，她感受到愛和春天，帶給她如詩的美夢，最盼春天的到來，四月的陽光總先吻上她。好美的一句又一句，自一波波感性的女高音中流出。這嬌柔而纖弱的繡花女，雖曾贏得詩人的青睞寵愛，在熱鬧的拉丁廣場購贈她有花邊的女帽，終因詩人的疑妒而後兩相分離。她再回返欲登閣樓時，已重咳虛脫，在詩人的悔恨及眾友的設法照拂中，香消玉殞，如林黛玉。

全劇有困厄、歡欣，有詼諧、柔戀，有疑嫉、分離，有重聚、哀愁。這不就是現實的人生嗎？這不就是完整的人生嗎？這是普西尼（Giacomo Puccini，一八五八－一九二四）在一八九六年的作品，頻上舞台，普受歡迎，歷百年不衰。他於一九〇四年又嘔心瀝血推出《蝴蝶夫人》，名震全球。這就是藝術家啊！以自己的生命為柴火，而其璀璨作品如是永恆。在這日新月異的科技時代，還能產生多少藝術家呢？我在石椅上回望餐館外上方那古雅的Maggiano's，好美的義大利文！

二〇一二年一月一日

註一：亞城東北郊一座有花園、噴泉之戶外購物城。

註二：亞城中城之北一高雅商業區。

按：此DVD係一九七七年三月十五日在紐約大都會歌劇院（the MET）所錄。由著名男高音Luciano Pavarotti飾演詩人Rodolfo，資深首席女高音Renata Scotto飾演繡花女Mimi。他們的交相精湛演出，堪稱絕配！

思考

多年前在一本英文雜誌上讀到對微軟比爾蓋茲的專訪。依稀記得他回顧高中時代，常有些莫名其妙的舉動令其母不解。有回他媽媽來到地下室，見他楞坐在那兒，什麼也沒做，一動不動地，不禁對他大嚷：「What are you doing?」他平靜回道：「I'm thinking.」並接著反擊：「難道您從不思考嗎？」我們華人看來，他對媽媽說話未免唐突，然他懂得花時間靜下來思考，在大多數凡人熙熙攘攘中，算相當有睿智了。由他領銜開創的微軟能有今日的輝煌，相信他的擅於思考策畫，功不可沒。

「忙」是現代人最流行的現象，好像總得天天忙進忙出才對勁，一旦靜止下來，會惶惑地以為自己浪費了時間。但若未先經過一番思考，釐訂目標，理清步驟，預瞻後果，則不過像無頭蒼蠅一陣瞎忙，忙得毫無意義，一切只是周而復始，慣性使然。在夜深沉時，是否自問過，我忙得對嗎？我的方向正確嗎？我是否在重複錯誤？我是否在盲跟盲從？我對家人有益嗎？還是只在滿足私慾？我在做的，問天無愧嗎？我應如何在不景氣中簡化生活？我應如何使公司作業的程序簡便，以節省人工，並滿足客戶？我是否多散發愛心，使周遭更溫馨，家庭更美滿？靜下來思考，能使思路清晰，決策明確，生活效率化，錯誤減到最低，縱經濟低迷，仍有幸福感洋溢，因我已盡了力，心中歡喜。

一般說來，感性的人比較不慣經過大腦去做事。喜歡讀讀寫寫的我，身為家庭主婦多年，最無奈的仍然是，天天被迫去想：今天燒什麼菜？

二〇一三年八月三日

我愛中文

常對中文班的學生說：「我來到美國幾十年了，沒有一天不寫中文耶！」他們都不敢相信。別提下一代，連家中老爺，過去日日進出洋人辦公室，經常周旋的當然是英文，包括上電腦、發電郵，也都是英文，幾曾見他提筆寫漢字？雖然偶爾興起，也會對我滔滔背出：「漢皇重色思傾國……」直把我的腦子轟到「此恨綿綿無絕期」。一道出外散步，他會忽然莫名吐出「近水樓台先得月，向陽花木易逢春」等詩句。畢竟我們都是在台灣受的教育，這份中文情纏，焉能褪去？

反之，對於這在洋邦不得不面對、不得不鑽研、不得不熟悉的英文，總覺隔了一層。雖然數十年來，幾乎沒有一天不翻翻洋報、不查查辭典，但這些永無窮盡、長長短短的拼音文字，讓我這漢化的腦子飽受磨難折騰，諸多似曾相識的字彙，多次過招卻抓不進來，教人辛勞迷惑不已。外文系出身的老爺，以前在台北時就常跑「美新處」翻讀洋報，也在「語言中心」工作過，來美時已能順讀英文如流，對於我這份掙扎奮鬥於報紙與辭典間的笨拙，大搖其頭：「要妳查英英辭典不聽，把梁實秋丟了吧！查英漢永遠不會進步！」他說的可能沒錯，可是我一碰英英，有時還是不知所云，還得回頭去找梁實秋，方能真相大白。問題是，我常將漢語翻譯記得一清二楚，而英文原字是什麼，又一團模糊了，就得三番五次，甚至多次與它碰頭廝見，才狠狠把它「認」了。多年來不知翻萎了幾本辭典，做了多少筆記，總算在漢語的牽引中，千辛萬苦地吸取一些。熬到今日，拿起英文雜誌，總算可以順暢地溜讀下去。回想這一路走來，勤抓英文，豈是一個「苦」字了得？

無論如何，還是比較喜愛我們華文的一字一義，英文的累贅有時相當笨拙不便。最明顯的例子是路牌：假如英文是長長的Peachtree Industrial Boulevard，中文只要「桃樹工業大道」六字就解決，佔地「短」得多，雖然英文可採「截肢法」將其簡化為P'tree Ind. Blvd.，但口頭上讀起來仍是長長的一大串。平時記帳、寫生活小記，也偏愛用華文，不僅因對它較熟悉，而是它從不多佔空間，省時省力，在紙張漸昂的今日，它相當環保咧！與其寫property tax，我只要寫「房稅」，而auto insurance就是「車險」。雖然洋人早覺諸多冗長之不便，已簡化了許多，如用Ad代表advertisement，Math代表mathematics、TV代表television……等。在這科技猛進、講求效率的時代，簡化字更是愈冒愈多，然英文仍有其甩不掉的繁瑣。拿華文與拼音文字相較，更突顯出我們炎黃祖先造字的無上智慧，妙不可言。假如洋文是二度空間，我們漢字應有三度空間呵！縱然從十八世紀以來，英文一直獨領風騷，盛行全世界，但風水輪流轉，目前華文勢力的日漸強大，使洋人已不得不開始試著窺探研究這東方最珍貴的瑰寶，這大批神秘奧妙的方塊字。多好！我已熟悉擁有，得以日日神遊其中，深得其樂。

二〇一三年一月十四日

星條旗下的自白

今年二月，來到美國整整四十年了。自然會哼美國國歌，卻總沒去記歌詞。已習慣天天看美國報紙，卻更勤於上世界新聞網，去密切關注台灣的訊息。來美滿五年就入美國籍，卻從不把自己與「美國人」劃上等號，多麼倔強的鄉根呵！

四十年來，沒有間斷對寶島的思念。像是從生身父母那兒暫時出離，新大陸恆是寄養之地，雖然她如是遼闊豐盈。四十年來，從尼克森起，歷經了八位總統，風水輪轉，世事多變，美國已從過往的闊綽優裕，滑落到今日的債台高築，拮据困窘。幸而她仍是一貫的法治大國，陸續而來的各階層緊縮，仍是循序的，而非失控崩解。感謝這包納各族裔的泱泱大國，在其一板一眼下，賜給我諸多磨練的機會，使我從一個在北國冰寒中登靴上班、惶惑思鄉的新婚少女，到帶大四個子女、自己割草、自己開車遠征的歷練主婦。忘不了在一九七二年二月四日入境夏威夷，來到洛杉磯換搭美國航空，那機上美式飲食的難以下嚥；也忘不了在保險公司，洋同事烘出的甜酒蛋糕那可口的香醇。雖然至今不碰可樂，不碰巧克力，仍無法單吃看似肥皂的乾酪，倒也欣賞帶有肉桂味的各種點心。最大的苦惱是購衣，總無法像大塊頭老美那般隨心所欲，而常得鑽著找二號甚或零號的。所謂「住在美國」，這裡住家環境的寬敞清幽，自然遠勝過台灣。倒是出門得步步有車，污染空氣的汽車已成了日常生活中不可或缺的伴侶，真是無可奈何！

沒有一個地方是十全十美，就看如何去因應調適。在此久住，一切已習慣成自然。但內心深處，仍按捺不住偶爾回台的興奮，得以暢享故鄉親情的開心。又是農曆年，又是個孤寂的農曆年。在這華人添歲的年關，不禁想起剛來美國上班時，洋同事的好奇詢問：「露西！妳十六歲嗎？」逝者如斯乎！

二〇一二年一月十七日

有女過節慶感恩

自從四個子女出外上大學後，家中的感恩節總是冷冷清清。後雖二女兒回來同住，她不擅烹調，不過買超市現成的，簡單撥弄就上桌。我偏向素食，不弄燒烤，樂得清閒。今秋長女從日本回來「歸隊」，這個感恩節可真是從未有過的豐盛隆重，多采多姿！

從不知道這長大的女娃竟如此細膩講究，鍾愛節日。早一週，已自己上網查閱，細密擬出菜單，又分別印出材料做法，再隨我去農夫市場，豐富採購一番。有空就前後院溜達尋覓，收集成束掉落的翠綠松針和細小松果果。

我不禁好奇：「做什麼啊，妮妮？」

她笑答：「要佈置哪！」

於是電視間矮桌上一玻璃盅插滿昂發的綠松針，另小松果果將壁爐邊一小截玻璃筒裝得半滿。

她又問：「媽，這裡哪兒有橡樹？」

我隨即告知：「噢，在綠柳巷中左手邊有一大棵。」

她馬上溜出撿橡實去也。

回來後，撒了一堆在餐桌上。許多橡實並不完整，都是頭尾分開的，她竟耐心地一一用膠水黏合，還邊哼歌、吹口哨，邊和在一旁慢慢用餐的我聊天，在秋景凋零的窗前，好一段浪漫悠閒呵！暫把忙碌推開。心中卻對她費時在如此細碎瑣事上不以為然。未料到她終於完工之後，悉數裝入一較長截玻璃筒內時，那顆顆完整的橡實的確美麗，深蘊著秋天的氣息，她也是裝它個半滿，不知要玩什麼把戲？

且說感恩節前晚，她已將所有電腦印出的菜餚做法一張張用衣架子上套好的四、五個夾子夾妥，吊掛在廚房櫃子的門把上，開始指揮她妹妹嘉麗著手動工，備辦起來。她倆要先做出烤雞的填料。當嘉麗忙著在切紅蘿蔔、芹菜、洋蔥、山艾草、蘋果等配料時，貞妮也忙著揉麵粉、調奶油，要烤出香脆鬆軟的小甜麵包。她還用麵粉做好南瓜派皮，冰存著明天用。

第二天是大日子，她和妹妹在上午就調好南瓜內餡，注入派皮，放入烤箱。又削好馬鈴薯和紅薯，分別上籠蒸熟。前者囑她妹妹搗成泥，調入牛油和乳酪；她自己料理紅薯，裹上糖蜜、奶油、紅糖、肉桂的混合甜漿，跟著出爐的南瓜派餅之後，擱進烤箱。又準備要淋在馬鈴薯上的雞味濃汁，並開始為兩天前就取出解凍的全雞內外抹上調有白酒、鹽、胡椒、迷迭香、百里香、山艾、蜂蜜、橄欖油等的混合調味料，並置入一個戳孔的檸檬，再塞入昨晚做好的填料，等紅薯出來就慎重端入烤箱，同時忙著調弄蔓越莓果醬和水果蔬菜沙拉。姊妹倆就一直穿梭忙碌到下午六點多，才算大功告成，一一上桌，把廚房新購的大圓桌排個滿。中央是她多日來苦心策劃的Center Piece，是三截長短不一的玻璃筒置放在鋪著松針、擺著小南瓜的圓盤上，它們分別半盛著鮮紅的蔓越莓、深褐的橡子和灰褐的小松果，其上各放一小截白蠟燭，燭身周遭仍讓那些乾果子圍滿。玻璃筒攔腰各繞數圈小麻繩，打出蝴蝶結，在燭光搖曳中，透出古樸的秋日節慶氣氛，果然不同凡響！在燭光下，有烤得金黃的迷迭香蜂蜜全雞、繽紛的蘋果山艾填料、細軟的馬鈴薯泥、紅豔亮著金色葡萄乾的蔓越莓果醬、雞味甜酒濃汁、深綠葉菜水果沙拉、南方口味小麵包、莓果薑汁汽水，甜點是一大玻璃盤烤得滿滿的南瓜派餅。樣樣是道地手工，滋味不凡，可真豐盛啊！

餐後，貞妮招待我們觀賞她多年前購自紐約的日本卡通片《龍貓》（Totoro）：好天然純樸的原野風光，連綿的綠林映著明媚的稻田，日式榻榻米屋中兩個活潑女童的進出……一個動人的故事。我們享受了一個難忘的感恩夜！

二〇一三年十一月三十日

柔柔之慶
——聆賞「建國百年主題曲」有感

令人振奮的建國百年雙十節近了。電子郵箱中也熱鬧起來。數天前收到大學同窗送來由中華民國文建會製作的「建國百年主題曲」，原來是將十首具有代表性的經典歌曲串連而成。它們輕輕柔柔地襲入心田，相當扣人心弦。濃濃的台灣味，從那古早的純樸，涓涓地流到今天的昌榮，最後才以牽魂的〈中華民國頌〉凝聚收尾。沒有陽剛豪邁的軍歌或叱吒風雲的進行曲，別具巧思，溫馨動人地滲入海外遊子的心湖。

鑾心怡那位貫穿全片的主角，風韻依稀的白髮奶奶。當她孤獨地翻閱舊相簿時，沉入純純的回憶裡，拉出雄渾深沉的感性男低音：「月色照在——三線路——，風吹微微——，等待的人——，那還未來——……」不久畫面亮出一張清純少女的面龐，就是那奶奶年輕時，與情郎的相會；接著推出有名的〈夜來香〉，盪氣迴腸的旋律，襯托著情侶的贈花訂情。然後是紫薇時代的〈綠島小夜曲〉，劇情已推展到少女婚後，在餐桌邊搖著嬰兒入睡；她的嬰兒長大入學了，台灣進入電視時代，一家三人擁坐電視機前，躍出活潑爽朗、家喻戶曉的〈高山青〉，洋溢台灣土著的健美熱情；奶奶的兒子成年了，畫面上一片喜氣洋洋，笑臉的媒婆，扶著一對盛妝的新人在對父母跪拜，奶奶一身旗袍，正值雍容的中年，新媳婦穿的是新娘旗袍，年輕美麗得像奶奶當年，這時襲來鄧麗君的輕軟嗓音〈月亮代表我的心〉；歲月不饒，奶奶進入了晚年，也喪了偶，她提傘踽踽獨行小巷中，望向鄰近走過的一對歡愉老夫婦，〈思慕的人〉以閩南腔的男音悽清流出。奶奶的下一代也進入打拚事業的中年，他們的下一代也已成年，有力的閩南語歌〈愛拚才會贏〉上場。

奶奶有了小小的曾孫，闔家四代欣喜地圍坐一桌，端來了插滿蠟燭的蛋糕。這時劉家昌的名曲，振起人心的〈中華民國頌〉雄麗而來，將島上人民對國家的愛，不只侷限在目前，而是上溯五千年到古聖先賢；對家土的親，不只在台灣，而是拓展到青海的草原和喜馬拉雅山，廣闊地涵納了整個中華民族的命脈，讓長江、黃河仍在我們的潛在心願裡奔流，而不只是淡水河。

回顧一九四九年國民政府倉皇東渡，來台偏安後，一路慘淡經營，從戒嚴到解嚴，從獨裁到民主，從依賴美元到自立繁榮，縱在國際政壇上孤軍奮鬥，然全國人民的勤奮努力，已亮出在國際上不容忽視的輝煌功績，也嘉惠到遍佈各地的千萬僑胞。在此額外感恩僑委會的照拂賜與，也欣見青天白日滿地紅，即將飄出一百年的光榮！

二〇一一年十月三日

欣讀

——悅賞朱自清的〈春〉

「盼望著，盼望著，東風來了，春天的腳步近了。一切都像剛睡醒的樣子，欣欣然……」這篇中學時代熟熟背過的短文，當我四處搜尋教材時，又亮在眼前。

從頭到尾，再次溜讀一遍，這民國早期的作品，竟一點都沒落伍，依然可讓今天的孩子吸收學習，真感到美麗的白話文當如是。自從五四運動以來，白話文一直盛行到今日，可是要去挑一篇值得一讀再讀的好文章，就不容易了。因絕大多數的白話文都過於鬆散累贅，不夠精鍊雅潔。有些作家會借重點文言以求簡雅，但這篇朱自清的〈春〉竟是十足的白話，它白得如此易於上口，還充滿著青春的律動，如詩如歌如畫，相當難得！

細去分析，原來此文由許多短短的句子綴成，使通篇洋溢著輕快的旋律，如：

嫩嫩的，綠綠的。園子裡，田野裡，瞧去……坐著，躺著……風輕悄悄的，草綿軟軟的……野花遍地是：雜樣兒，有名字的，沒名字的……像眼睛，像星星，還眨呀眨的……像牛毛，像花針，像細絲……鄉下去，小路上，石橋邊……披著簑，戴著笠的……花枝招展的，笑著，走著……

一串串短句後，常再續出美美的一長句，如：

風裡帶來些新翻泥土的氣息……都在微微潤溼的空氣裡醞釀……呼朋引伴地賣弄清脆的喉嚨……這時候也成天在嘹亮地響……人家屋頂上全籠著一層薄煙……小草也青得逼你的眼……稀稀疏疏的在雨裡靜默著……

如此有短有長，參差交現出美麗曼妙的變化。

朱先生雖原籍浙江，但在北方成長受教育。文中的白話顯然是當時北方人的口語，如：趕趟兒、雜樣兒、可別惱、剛起頭兒……等等。但無妨，這就是它的味道，無礙其通暢，仍是篇寫得相當成功的白話文。

二〇一二年十二月十二日

水有情

水有感水有情
惱恨成紛亂　愛語現美晶
「法相心造」非虛構
顯微鏡下證分明
心力世人驚

今晚收到一位外文系學長送來的YouTube，洩露了驚心動魄的事實：不是植物，更不是動物，不過屬於礦物的水，竟然可以感受到人類的心念，而以不同的分子結構來回應。這是日本江本勝博士在二〇〇三年做出的科學實驗，他將水分裝入數十個小水瓶，冷凍三小時，再放入冰箱中顯微攝影，各別取出，各送上不同的信息意念，再放回攝影。他驚奇地發現，接受感恩愛語的水，其分子排出無比美麗的結晶，遭空白漠視的，就黯然無華，被惱恨謾罵的，更是雜然紛亂。他以此實驗結果，上聯合國演講，全場震驚。人類心念的善惡，既然影響到水，怎不影響到居住的大環境呢？「心淨則國土淨」應不是虛言，天災人禍，也是人類咎由自取的吧？誠如《華嚴經》中之偈語「若人欲了知，三世一切佛，應觀法界性，一切唯心造」。「相由心生，境由心造」不只是經書上的句子，而已真正經由科學方法，在顯微鏡下實驗出來。唯物論者，還有立足之地嗎？

別說是水，若常人對植物有情，也會被笑癡的，雖我們的祖先常說「草木有情」。以前讀《紅樓夢》時，在「埋香塚飛燕泣殘紅」中，對於黛玉那長段〈葬花詞〉，總覺是曹雪芹在耍文學手腕，也太癡了。中有「昨宵庭外悲歌發，知是花魂與鳥魂？花魂鳥魂總難留，身自無言花自羞」之句，現在回思，竟不再覺得虛妄了。豈止草木，在雪芹筆下，連頑石都有靈，怎麼水和植物會無情呢？記得兒子在初中時，有回央我買三盆相同的花草，說是要做自然科學課的實驗：一盆每晚放古典音樂讓它「聽」，一盆放流行音樂，一盆沒有音樂。數星期後要看它們各自的成長情形，寫出報告。當初覺得好荒謬，植物如何聽音樂？已不記得其後續結果，好像是有所不同。故草木原有情，天人原合一，聖人早明言，目前的科技人類是後知後覺地在一一證實。

既然心念可如此萬能地影響到外境，包括水，更別提我們人體自身了。人體結構百分之七十以上是由水所組成，想想看，若心念不善，會多麼嚴重地影響到身體健康啊！心存善念，身行好事，自然健康快樂，社會祥和。

二〇一二年二月七日

洋節雜憶

耶誕節，像個璀璨的貴婦，又要紅綠亮閃地蒞臨了。以前一年喧騰一陣的購卡、寄卡熱潮，已因電郵的普及，漸趨銷聲匿跡，餘下不少久遠的回憶，偶現腦際。

要追溯到那段埋入書本的少女時期。是高二那年吧？教學認真、教法獨特的英文老師唐先生為了讓我們有個難忘的耶誕節，不知透過哪個管道，特地請來美國大使館（那時還存在）內一位領事夫人，前來為我們親授好幾首美國小孩都能琅琅上口的耶誕歌曲。她好像由江學珠校長和唐老師陪同進來，金髮碧眼，體態高挑，雲鬢高挽地，一口流暢的標準英語，一時全場煥發陶醉。記得她先將英文歌詞洋洋灑灑地寫在黑板上，再領著我們去唱：「Deck the halls with bough of holly. Fa-la-la-la— la, la-la-la」等等。我們這批綠衣黑裙少女，在那保守的年代拘謹慣了，霎時被輕快喜樂的旋律激揚得活潑起來。更興奮的是，在耶誕節近時，這位洋夫人還請我們全班去她家吃飯呢！

是個寒凍的台北上午，我們來到她在蔭樹低垂的仁愛路府邸（獨門獨戶，可不是公寓呢）。進了一扇大紅門，穿過花木扶疏的前院（真稀罕啊！別說今日，那時台北人能有幾戶擁有這麼幽雅景致的院子？）進入寬敞明亮的洋屋，應該看到了美式的壁爐，其它格局細節已不復記憶。難忘的是無比豐盛的那一餐，一道又一道，不知多少菜，但不是出自夫人的玉手，也不是包辦自外頭的餐廳，而竟是出自家中自僱的大廚之手。最難忘的是這位大廚頭戴高挺白帽，一身白衣打扮，親自伺候著我們這群。我那時的少女情懷只顧念書，不擅也不愛庖廚，大概預想到總有一天得自己洗手做羹湯，得被迫去做不愛做的事，於是更為欽羨這份「家中有大廚」的福氣，還夢想著將來若能如此，就最美不過。風水輪流轉，未料到自己果真來到這充滿耶誕歌曲的美國，這事事自己來的美國，而那份「讓白衣大廚伺候」的美夢早碎得無影無蹤。豈止我沒人伺候，幾乎所有美國女人都沒有，除非當上白宮的第一夫人呵！而在台北的美國領事館因外交中斷早已不存，這批在台享盡雅福的夫人們，回到美國，怕也得事事躬親，自己下廚了。

話說當初那位唐老師，那位常鼓勵我們背出一整頁英文的唐老師，那位常在講台上演繹莎士比亞，將講台當舞台，動情得比手畫腳的唐老師，後來竟離奇失蹤，再沒回來過。據云，是被疑為「匪諜」收押，令純真的我們困惑欷噓不已。

窗外，秋葉凋零，寂靜無聲。腦中被催著去想，今天的晚餐呢？

二〇一二年十一月二十九日

浪漫

五月的台北，春風和暢，我倚坐在臥室紗窗旁，津津有味地沉入剛買的新書——林清玄的《為君夜夜起清風》，不意，撿到一句：「浪漫，是浪費時間慢慢地做事」，覺得很鮮，他說得倒不錯！所以慢慢吃飯是浪漫、慢慢品茶是浪漫、慢慢閒步是浪漫。在匆忙的生活節奏中，偶爾舒緩慵逸，來點浪漫情懷，做點浪漫的事，不是蠻好的充電和美化嗎？

放眼目前這多變的高科技時代，不少在職場衝刺的現代人，天天緊湊繁忙得可怕！幾乎已到了分秒必爭的地步。不只奔波謀生的成年人忙，多少年輕的學生一樣忙，課外和週末不知被自己或父母擠入了多少活動，有棒球、有足球、有鋼琴、有游泳、有數學補習、有小提琴、有樂隊、有跳舞。最近中文學校開學，有位媽媽正苦惱著如何能魚與熊掌都得兼，希望寶貝孩子又選桌球、又選國畫，偏兩者同時段。她竟出妙想：「能不能一邊上一半？」

我自認是不懈怠的現代人，每天忙忙碌碌，希望精進地做出成績，但另方面卻很不愛受時鐘掌控，除了出外赴約得準時。偏家中二女兒是標準的美國教育，一板一眼，硬性規定自己幾點做什麼，也為她爸爸定出時間表，幾點吃早餐，幾點吃水果，幾點用主餐，還要我配合著去徹底「執行」。天啊！這種生硬機械法，使忙碌的生活更添緊張，太無趣了！挺不合我愛隨興的個性。為了減少衝突，也為了她爸爸有規律生活，倒也做慣了。只是我自己的飲食起居不讓她干涉。我不愛鬧鐘，愛自然睡醒。我從不規定自己幾點去散步，而是看天色定進出。夏天晝長夜短，冬天晝短夜長，有其逐漸的轉化，能定個時間嗎？得隨機應變呵！年輕人須學的智慧太多了，豈是書本上學得到的？因眼前見不得凌亂，已夠讓我忙碌不休了，但偶爾，會鬆閒下來，專心靜沉地為子女、學生或朋友做張別致卡片或一點小東西，慢慢地剪剪貼貼，自得其樂，這就是一種浪漫吧？清晨，在廚室，對著滿面綠窗，舒閒地享用一頓早餐或一份水果，也算忙碌生活中的浪漫吧？浪漫俯拾即是。人生到了黃昏年華，何妨緩下來，慢悠悠地踱到終點，享受晚年的浪漫。強似一路快速衝刺，做什麼那麼快跑完呢？跟誰比賽啊？

秋涼了，懷著浪漫情懷，盼賞再度繽爛的楓紅。

二〇一三年八月二十八日

獨居的藝術

五月一日的《亞城憲報》頭版中間大標題是「Atlanta a top city for people living alone」，內文提到：二〇一〇年的人調顯示，有百分之四十四的戶口為一人獨居。此龐大比例，已與華府並駕齊驅，居全美之冠。統計學者分析原因，為來此進修、工作之年輕專業人士的陸續湧入，結婚率的下滑，過多適合單身的公寓套房，還有離婚者的不斷增加以及年老後鰥夫孀婦的自然結局等。顯然，有愈來愈多的人，尤其是年輕人喜歡獨居，雖然經濟上不一定划算。

與人相處是一門很大的學問，沒有兩個人完全一樣，就得歷練出包容諒解的功夫。不少孩子在家隨興慣了（父母包容嘛！），一旦進了大學，在宿舍有了室友，往往問題就來了。所以無論如何，「自己住」就單純許多，可免去許多無謂的衝突煩惱。但「自己住」就沒問題了嗎？要是以為「獨處」就擁有無限的自由，就可以隨心所欲地為所欲為，而無嚴謹的自我規範、自我省思，則「獨處」反而是墮落的陷阱，不可不慎啊！

其實人類最大的敵人是自己，最大的挑戰是自己的欲望。可以說人類終其一生在和欲望做拉鋸戰，而只有聖賢是贏家。所以為什麼我們儒家經典如此緊要，如此不朽！要過上軌道的生活，則日常的一思一言、一舉一動，怎能離開子曰、孟云？自然，良善的宗教信仰也是挺好的自我規範。獨處的人得額外體認有規劃的飲食起居，其意義絕對大於無拘無束的自由，方能經營出真正健康快樂的生活。即使目前家中有子女環繞、有伴侶攜手同住的幸福者，也得遠瞻到有朝一日，子女羽豐離巢，伴侶也終將可能「先走一步」，到頭來，還是得品嚐獨居的滋味。所以如何獨處，如何活出自我的真善美，進而散發到周遭，是人人都必須認知學習的。

二〇一二年五月四日

現代女性的智慧

——讀吳淡如的書有感

最近頗有共鳴地讀完台灣暢銷女作家兼電視節目名主持人吳淡如女士的作品《親愛的孩子》，深覺當一位現代媽媽應如是，當一位現代女性應如是。

她約在七十年代出生於宜蘭，十四歲即離開家鄉赴台北求學闖天下，憑自己的天份、學識與毅力而有今天的輝煌。她努力地投入工作，同時也懂得充份享受生活，幾乎遊遍地球各角落，甚至包括南極。她甩脫許多傳統對女性的無理束縛，卻不隨波逐流、人云亦云地和大部份人一樣追名逐利，當物質與世俗的奴隸。她很懂得靜下來思考，理智地清出一條自己該走的路。在她不斷地衝刺發揮她的潛能時，自然不願讓「育兒」成為她的絆腳石。直到她在養貓之餘渴望寶寶時，未料到大自然的規律讓她狠狠地摔了一大跤，她得了高齡產婦妊娠毒血症。偏是懷的雙胞胎，到第五個月有一胎猝死，使她接下來的兩個月受盡萬般苦難，母女都飽受折磨。現在是雨過天青，她已從產後感染發燒中復原，插滿管子的早產女嬰也已活潑健康到處爬走地在壯大。這本書，名義上是寫給一歲多倖存的寶貝女兒，實際上可以嘉惠眾多讀者，尤其是新媽媽的一本勵志書。

她泅過了重重的驚濤駭浪，其動魄的經歷已釀出晶瑩紛紛的慧語，在書中閃爍。在此節挑如下：

與天溝通

生下妳，非常非常辛苦，苦到無語問蒼天的地步，有好多日子，我和死神一起跳著非常怪異的舞。然而我卻覺得好值得，我不怕一切險阻。

我愛妳。因為妳，我相信有上帝。

兩性平等

我一點也不喜歡傳統的性別教育。嬰兒是中性的，不需太早接受社會的框框。

不管你是男生女生，宇宙一樣寬廣，不要接受懦弱者送給你任何柵欄，你可以是振翅的鷹、奔馳的馬、勇猛的獅，永不做被綁縛的羊。

順其自然

我看過很多孩子，從小考第一名，但是很不快樂。驅策他們前進的鞭子，總是在他們背後，抽得他們傷痕累累，他們的心中沒有任何動力的來源。

想來該感謝父母，在成長的過程中，讓我擁有獨立生存的能力，選擇自己要過的生活。

其實，父母在孩子的成長中，只要不要有太多阻力，只要能夠保護他們的身心安全，並在他該學飛時放手讓他飛，就是好父母了。

遇挫怪己

剛開始妳在學爬的時候，我們也不太留意時，妳會撞到，現在妳開始學走路，一不小心也會跌倒。

家裡的長輩看你哇哇哭了，很心疼，也很自然的為妳打著地板說：「地板壞壞！打打！害小熊跌倒！」

我微笑著跟長輩說，是妳自己撞到頭的，可不是地板來撞妳的喔。我的邏輯是，如果跌倒了要怪地板，那麼將來一遇到挫折，豈不都要怪別人？

後來我們的「統一處理方式」是：當妳跌倒時，會輕輕地走過來抱妳，讓妳知道，有人關心妳，然後，讓妳轉移注意力，看看貓，看看外頭的藍天白雲。

具備勇氣

如果我真的能夠給妳什麼，我希望，我可以給妳勇氣。有勇氣堅持，有勇氣認錯，有勇氣樂觀進取，有勇氣面對未知、處理挫折，有勇氣不要人云亦云，有勇氣面對不得不的事情，有勇氣相信自己的祈禱會被聽見。

然而勇氣不是任何人可以給妳的。恐懼是人類的本能，而勇氣來自於訓練與經歷。

淡忘痛苦

我不喜歡回憶悲劇，因為人只有往陽光多處走，才會有希望。有妳我已覺得很幸福，那些上帝決定不給我的東西，我要相信，她在上帝懷裡過得更舒適。

接近自然

我的任務不是在教養妳、捏塑妳、指導妳、栽培妳，那些字眼都很人工，我要讓妳在青山、稻田、河流與大自然的合奏中，飽嘗上天的恩賜。妳會知道雞怎麼走路、蝴蝶怎麼飛、蛇怎麼吐它的舌頭。

不要補償

對許多職業婦女媽媽而言，最壞的一種東西，就是內疚。沒有太多時間陪小孩，所以內疚。因為內疚，所以企圖有些補償。孩子需要關心，不需要補償。我不認為，每個孩子都需要一個二十四小時都對他無微不至的母親。我認為，孩子需要一個理性而溫柔的母親。

現代的女人並不需要內疚，她要想，因為自己在工作上的努力，孩子得以在更安穩的環境中成長。

喜歡自己

不喜歡自己，是一個女人在成長和成熟過程中最難克服的絆腳石。我看過許多女人，在重男輕女、不被重視的環境下長大，她們很難喜歡自己，並且也承傳著某些惡習，自己也不喜歡女兒。她們認為自己不值得過得好。

一個不認為自己過得好的女人，常不自覺的變成一個哀怨的樂器，老是彈奏著悲哀的曲調，讓周遭的人永遠快樂不起來。

我發誓，我要好好的愛妳。讓妳活得安穩，活得無憂無慮。

被媽媽喜歡的孩子，才有安全感。就算遇到暴風雨，她的頭頂上，會有陽光閃耀。

以上隨舉九則，還非全數涵蓋。總之，時代在變遷，許多根深蒂固的束縛，有待勇敢的女性去突破、改進。相信有智慧的現代女性會以愛和自信育出有智慧的下一代。關於人生的痛苦挫折，要有勇氣和理智去面對、承當，解決之後，讓它過去，再站起來迎接陽光！人生當如是。

二〇一三年五月九日

知止

孩子們小時候，常聽我讀充滿圖畫的故事書。記得有一則是說一個貪心者，他祈求要有個冰淇淋機器，只要一搖，就能不斷地湧出各式各樣的多彩冰淇淋。他如願後，果然能隨心所欲地大肆享受，痛快得不亦樂乎。可惜他忘了求教如何關機，結果不斷地有各色的冰淇淋湧出，逐漸填滿他四周，幾乎要氾濫成災，他在大呼救命中淹沒。這誇張的故事對人性的貪婪是很大的警惕。

日常生活中，難免有各種誘惑，或美酒、或佳餚、或好玩的遊戲、或驚魂的影片，時時在試探我們內心的戒貪之戰，刻刻在考驗我們是否懂得「點到為止」還是「多多益善」。尤其在耶誕佳節期間，到處赴宴騰歡之際，多少眼花撩亂的美食甜點繽紛呈現，自己是否記得壓下貪欲，吃得恰到好處，止於至善？

不僅飲食，在生活上各方面，只要暢所欲為，必然嘗到苦果。要懂得開拓，也須知收斂。完美的人生，應是有進、有退，有為、有所不為。開車，有多少規則在約束；行事，一樣有多少戒條在「鎮」著。欲求「痛快淋漓、暢所欲為」，只應天上有吧？在人間，何嘗有一件是多多益善？唯有學無止境。

二〇一三年十二月十八日

秋桂飄香

「我的家庭真可愛，整潔美滿又安康……雖然沒有好花園，春蘭秋桂常飄香……」小時候學到這首優美溫馨、幾乎人人能唱的歌時，對於詞中的「春蘭秋桂」很是嚮往。蘭花較珍貴，是攀賞不到；那麼秋天的桂花是什麼樣兒呢？它會飄出什麼香味兒來呢？小小心中，常納悶著。

十多歲時，舉家遷來台北。媽媽在松江路的寬宅後院圍牆內，闢出一塊可稍供倘佯的小花園，兼種數棵果樹。印象中，媽媽也種了一棵桂樹，可惜當時在小學五、六年級，正忙著準備聯考，根本沒去留意過它。雖然天天早起去園中溫書，專注的是書本，不是桂花香啊！後來上了中學，更是忙上加忙，愈發沒去理會媽媽栽種了些什麼，只記得媽媽養的大黑貓常在園中進出。

結婚出國後，某次返台，與家人去郊遊，媽媽指點著路旁一棵深綠的高大灌木對我說：「這不就是桂花嗎？瞧那幼幼的小白點，可香咧！」她好像知道我以前從未留意過她栽的桂樹，更別提那些細碎小白點如何飄香了。

數十載匆匆流逝，長輩一個個遠離仙去。今晨外出，閒步兜嵐，秋涼拂來，密林送幽。忽在小徑邊轉角處，襲來一陣陣清醇的甜香，四下搜尋，呵！是桂樹啊！是多年前媽媽指給我看的桂樹，是那般特有的深綠，葉心處密綴著點點白白，香從那兒來的啊！這家洋人倒有愛桂情懷，連著在路旁種了四、五棵，難怪香氣如此薰人，讓人感到秋天是如此美好，還沒賞到楓紅，先沐了桂香。想到愛桂的媽媽在天有知，會多麼欣喜讚歎！一時雙目泫然。

二〇一三年九月二十六日

紫夢

昨夜夢到，在一個春陽亮麗的戶外聚會，和許多熟悉的親友聊天。好幾位中文學校的家長，台北的五舅媽也在；還有，婆婆，您也在啊！是誰？掉了一條軟滑的白絲巾在草地上，我彎腰拾起。剎那間，巾上開滿了紫色的小花兒，我雀躍地對您說：「我們帶著這片紫花兒到公園去！」您笑了。巾兒在我手中一撒一鋪，就亮出一片花海。

您好安靜，在邁阿密那些年，您年年來和我們相處，文靜得很少和我多說話。您滿腹的日文教育，可惜很少有用武之地。有一天，外子興起，要帶我們去遊邁城郊區新開張的購物中心。一到，好別緻！都是日式格調，有樸實的木板走道，有潺潺的流水聲圍繞。我們進入嶄新的Bloomingdale，您無意選購，卻留意到一條紫色的絲巾。您觸摸著，口中還喃喃自語：「murasaki，murasaki」，那是我初次學到，日語是這麼稱呼紫色。後來對《源氏物語》的作者紫式部，我就能流暢地用日語說出：murasaki shikibu。原來您喜歡紫色呢！

家事餘暇，您常倚坐在落地窗旁的亮黃地毯上，專注地為外子和您的孫兒打毛背心。一件又一件，有寶藍、米黃、明綠……最後看您換上紫紅毛線，說要專打給我的。這件紫紅背心，一直是我對您最深的懷念。

終於您年歲大了，不再越洋而來。年年母親節，我寄去紫色的花卡，直到您仙離而去。

夢最美，總能無有阻隔地相聚。縱在家中，您也時時同在，您紫花旗袍領上的溫婉微笑，天天裊繞在溫暖的南屋，見到我如何在照顧您寶貝的兒子。母愛，是永不止息的。

二〇一一年三月二十四日

細緻情懷

一九七七年春，帶著剛滿四歲的兒子初次回台。當時娘家在寧安街二樓公寓，與叔叔家相鄰。這是我出國五年後首次回來，還帶著眾親人爭相一見的寶貝兒子。

台北的春天乍暖還寒，記得某日讓Bobby穿了件他表哥的黑白細格子半長棉外套（大嫂送的），正好多禮的嬸嬸特地拿了一大罐肉鬆過來，說要送給Bobby吃的，又對Bobby噓寒問暖一番。不經意間，她翻起那棉外套下擺，注意到內面一大段和裡子脫鬆了，竟忍不住要帶回家中修補一番。沒多久功夫，她喜孜孜地捧回那裡面補得完美無疵的小外套。當時年輕的我連聲道謝，還對自己平素的疏忽懈怠深感愧疚。那時真是年輕啊！諸事經驗不足，哪堪多個小孩，已折騰得方寸大亂，哪裡還用心到那些細節？嬸嬸的細膩行事，流露了舊時代女性的柔與勤。

以前的女性，若不諳針黹，會被笑話的。媽媽就常提起，她出嫁時繡了多少東西。記得嬸嬸在挑媳婦時，能裁衣縫衫是第一要件。放到目前這女性早已走出家門撐出一片天的時代，可能早不合宜了。北卡女作家簡宛曾提到她媽媽如何手巧，如何擅長縫紉，而不解年輕的一代為何拿根針如拿斧頭，有些可能連針都不碰了。在這科技時代，雖然人人可買成衣，但若有縫補的本事，還是很能派上用場，因不少成衣是做工粗糙的，總得加針一番才得圓滿。就像外頭餐館雖多，我們還須懂得如何自己燒菜。任何事，自己做，才來得細緻啊！那年去一趟日本，深深領受其細緻文化。去年的日本大地震，電視上有個畫面，令人難忘：在一災民收容所中，在排排床位間，鏡頭照到一位日本老太太，還在專注地插著花。她們是連動盪中，還秉著對美的細膩執著，真是嘆為觀止！

時值母親節近，謹以此文向上一代諸多溫柔細緻的女性致敬！

二〇一二年四月二十三日

美麗與哀愁

「下雪了！」一直是過去家中女娃們在冬天最美的夢。尤其是愛幻想的貞妮，雖已長大，雖已三十出頭，人都去了歐洲，在電話上聽我提亞城又下雪了，她仍童心未泯地嚷：「那多美呵！」又興奮地探詢：「樹枝上有沒有裹冰？快出去拍照啊！」

天真！我忍不住潑她冷水：「怎麼出去？地上有冰，連車庫都走不出去呢！」長不大的女孩！總先想到雪的美，可知亞城眾人為雪已折騰得天翻地覆。二週前的銀妝初豔，使亞城演出交通史上空前大凍結。這回它芳蹤再臨，亞城雖已痛定思痛，全副武裝，磨槍迎戰，然它或雪或霰或雨，時飄時下時停，捉摸不定。珍貴的陽光何時露臉？路面的積雪何時消退？在在難以預知。各行各業心疼著關門期間的虧損，員工們因雪假不得不面對薪俸的縮水。各急救單位、路面清理單位、電力公司、氣象播報人員等的嚴冬額外加工搏鬥，都為了收拾雪姑娘隨興紛落後的殘局。尤其在這科技時代，人類已無時無刻不在仰賴著電生活，一旦停電，怎不色變？哪像過去的文人，一旦下雪，反正影響不到燭火，仍能悠閒地吟出「日暮詩成天又雪，與梅並作十分春」。現代人寧可緊抓著電，有無雪梅可賞，已不去奢想了。

其實，春花、秋葉、冬雪原是自然景象，各有其美，只是有時會妨礙今人的科技生活。因雪困，窗外街路無車，無有車煙污染，未嘗不好。若非路滑，倒想外出漫遊一番，兜兜難逢的寧靜清新。

二〇一四年二月十三日　午後雪霽

羞澀

大兒子一如往例，又在嚴寒中，回來過耶誕。耶誕晚餐由他妹妹們調理，我也落得清閒。倒是主菜「香料雞」可是二女兒嘉麗央我幫她去Kroger買的。

我笑對大兒子提起：「嘉麗就是不敢去Kroger，她說有個高中同校的男生在那裡工作，她不要看到他。」

一向爽朗、樂於跟陌生人周旋的大兒子詫異道：「看到他有什麼關係？就說嗨嘛！他會把妳吃掉嗎？嗯，Kroger應該把這個員工裁掉，才不會少了一個顧客。」

嘉麗低頭，我們都大笑。

其實，回想過去，我自己又何嘗不是害羞得不像話？從小，最怕見到陌生人，總是唯恐躲不及。上了高中，連三舅舅來，奉給他一杯茶後，竟默不吭聲地要躲回房去，他打趣道：「妳這茶是要給誰喝的呀？」我是窘得連打招呼都省了。

搬來亞城不久，開始耕耘地方社區報《華訊》，偶而去僑教中心，得知總編輯高優鍔先生就在裡面工作，我竟莫名地怕進辦公室，怕見到他，也不知是怕什麼。感謝歲月長河，總算將我的羞怯逐漸融化。現在回想，只覺得好笑。原來面對任何人，都可以舒坦自在啊！

記得大女兒貞妮小時候也是怕見人。帶她去超市採買，總抱她坐上購物車。推去結帳時，收銀員常誇她可愛，有回要逗她說話，她羞得將頭上的帽子往下一拉，遮去了小圓臉。入學後，開始和洋環境周旋，才漸漸歷練出能言善道、朋友一大串、進出忙碌的典型現代少女。小艾梅和我過去一樣，也是個不吭聲的。有次她的小提琴老師邀請我們母女一道去聆賞音樂會，回程中在笑談間，她老師不禁對艾梅說：「You are so quiet!」

健談的大兒子每次回來過節，常請我和他妹妹們一道去吃飲茶。席上往往只有我和兒子有一搭沒一搭地對談。有回他對著靜默在旁的嘉麗和艾梅忍不住說道：「怎麼和妳們聊不起來呢？真希望日本的貞妮能來這裡。」

我可以想像他和愛說愛笑的貞妮在一起有多投契。大前年夏天，他和貞妮分別專程赴台，為慶賀其阿嬤九十壽辰，在眾多親友穿梭的宴席上，他們兄妹倆的鋒頭最健。貞妮以流暢的日語和亮麗的打扮，跟我的叔叔、舅舅們愉悅交談。兒子穿著醒目的寶藍襯衫和灰藍斜紋領帶，握著數位相機，在場內到處捕影；又和我表妹的洋夫婿英語暢聊。我大弟說Bobby看起來像是新聞記者，我笑道：「他在美國就是新聞記者啊！」

另方面，大哥的長子就相當靜默寡言，顯然秉傳自靜默的大哥；而大哥像透了先父的沉穩寡言。就這麼一代代地傳承下來，就看能不能因應社會去做適度的調整了。

人各有性，才使這個世界如此多采多姿啊！

二〇一一年二月十日

與袁中郎遊西湖

「畢竟西湖六月中，風光不與四時同；遮天蓮葉無窮碧，映日荷花別樣紅。」常在夏日，介紹給家教學生這首南宋楊萬里出寺送友的西湖詩。很可惜我自己何曾去過西湖？別說這名湖，神州大陸還沒踏入半步呢！

今晨，這清爽的六月上午，多少地方已熱得如火如荼，喬州竟得天獨厚，在濃綠深幽中依然清涼。嘰啾鳥語噪窗紗，微風輕拂，且暫離庖廚，抽空翻書。不意翻到明代才子袁宏道的〈西湖雜記〉，好一篇雅麗可喜的文言文！透過精簡數語，竟覺自己也去遊了一趟，兜滿山嵐水光、柳韻花香。不用去參加旅行團，與紅男綠女一窩蜂擠，彷彿已沐浴在西湖神韻中。

上網印出西湖圖，亦步亦趨地，就一路與袁中郎遨遊去也。唐時將杭州縣城遷入錢塘門內，湖在城西，始名「西湖」。袁先生是出杭州之北的武林門向西，眺望到西湖北邊的保叔塔，就已「心飛湖上」。西湖東接杭州城，其餘三面環山，山中不知匿了多少寺廟塔閣。杜牧的「南朝四百八十寺，多少樓台煙雨中」，相信詩中所提，涵蓋了西湖區吧？這位袁先生倒有雅興，先去錢塘門外的昭慶寺喫茶，才「棹小舟入湖」。接下來的四句十六字，以其茶韻才思，精簡神妙地描繪出他對西湖的驚豔。多少頌揚西湖的文句，可能都比不上他的簡凝，若有「西湖仙子」，聞之想會嫣然一笑。且賞他的：「山色如娥，花光如頰，溫風如酒，波紋如綾」。他是一抬頭就「目酣神醉」，自言：「此時欲下一語描寫不得」，說是大概和曹植夢中初見洛神的情景一般。那天是明神宗萬曆二十五年（一五九七）二月十四日，當晚就和詩友方子公一起渡湖到南岸南屏山下的淨慈寺，想尋覓駱賓王以前住過的僧房。後再取道由蘇堤（在西湖西邊縱貫南北）上的六橋（由南向北有映波、鎖瀾、望山、壓堤、東浦和跨虹等六座）到北岸的岳墳、石徑塘。就這麼繞一圈回來，自謂「草草領略，未及偏賞」。

他在第二天早晨才接到好友陶石簣（也是進士，為袁至交）的帖子。等到十九日那天，陶與一位學佛者王靜虛一起駕到，於是「湖山好友，一時湊集矣」，再一道去細細領略西湖風華。

他覺得西湖最美的時候是春天和月夜，而一天中最美的是朝煙和夕嵐。當年因春雪過多，使梅花延遲開放，竟與杏、桃爭妍，蔚為奇觀。他特別醉心於斷橋（斜貫西湖北面的白堤東第一橋）到蘇堤一代的景色，他以「綠煙紅霧，彌漫二十餘里，歌吹為風，粉汗為雨，羅紈之盛，多於堤畔之草，豔冶極矣！」寥寥數語，描出遊人如織中的綺麗煙柔湖景。想想四百多年前已「羅紈之盛，多於堤畔之草」，別提今日了。他說一般杭州人遊湖，喜歡在近午到晚午之間，「其實湖光染翠之工，山嵐設色之妙，皆在朝日始出，夕舂未下，始極濃媚」，又提：「月景尤不可言，花態柳情，山容水意，別是一種趣味。」又說到桃花之美，他們如何在雨後花落中，兜花嬉戲。最後是船上的寺僧供茶來了，他們各自取飲一杯，再「盪舟浩歌而返」。中國傳統的遊山玩水，好像少不了寺影、茶香與詩意。且賞由康熙親題的西湖十景：平湖秋月、蘇堤春曉、斷橋殘雪、雷峰夕照、南屏晚鐘、曲院風荷、花港觀魚、柳浪聞鶯、三潭印月和雙峰插雲等，多麼詩意盎然呵！

「上有天堂，下有蘇杭」，這「蘇杭」一定少不了西湖！

二〇一三年六月二十八日

她，垂著長辮，著袍登靴，紅褐的臉，呈現著原野的滄桑，悠閒地拉著勒勒車（註），對著遼闊無邊的草原用蒙古語高歌：

「我是一隻潔白的雪兔，相信世界的純潔美麗……」

滿兜原野氣息的勒勒車上，是位帶著七、八歲寶貝女兒，剛從香港來內蒙出差的女強人，她白晰、時髦、亮麗，只是對這「落後」的草原滿懷戒心。

剛來乍到，母女倆就處處與當地人格格不入。她來自大都市的那份自傲、輕蔑、戒慎、多疑，對襯出那位溫婉、謙遜、包容、退讓的蒙古中年婦女奧優的可貴可親。當奧優周到地替貴客尚小姐及其女兒米莉拎進行李箱，並想打點一切時，卻馬上被冷冷的一句「沒事了，我自己來！」擋了回去。翌日傍晚，奧優熱誠地捧來一盤食物，親切柔聲地說：「嘗嘗蒙古族麵包！」卻被高傲地潑來一句：「我們吃過了！」冷豔的臉毫無笑容和謝意，奧優倒一慣她的平穩謙抑，毫不介意。

過不了幾天，尚小姐已受不了草原的無聊孤寂，要對方加緊排出文化節目，她好辦完公事，提早離開。奧優坦言，他們的傳統節目不便更改。這位香港貴客不耐煩地埋怨草原的一切作業怎麼這麼慢呢！奧優微笑地輕語：「會不會是妳的世界太快呢？」

逐漸地，被招待住在「貴賓級」蒙古包的尚小姐，終於受到草原人情風光所感化，心中那塊戒嚴的冰塊在點滴消融。她開始接納了異地的人情景物。尤其欣慰她女兒米莉已重現童真，很快地和當地的孩子們水乳交融，在草原上蹦跳、嬉玩、歌唱。米莉和同齡女伴齊齊格已形影不離，偶有挫折憂傷，總是照顧她無微不至的奧優幫她化解。有回她將媽媽從香港帶來的點心全搬到草原上，讓大夥孩子們分享，後被媽媽發現，飽受一頓責罵。她頹喪地來到草原，孤坐著低哼奧優的雪兔歌，奧優適時走來：「米莉不開心？」米莉憂傷地問，為何這裡的孩子好像都比她快樂？奧優溫和地說：「因為我們一不開心，就向著草原唱歌……」

有回米莉又闖禍，將媽媽的手提電腦亮給當地孩子們瞧，不慎被個男生撞倒水瓶而濺濕。當晚，她媽媽怒火難息，罰她坐在一角，不許講話，不許動。奧優不放心，進來探看，正聽到憤怒的責罰聲。奧優平靜地挨坐這團怒火旁，輕緩勸道：「妳這麼年輕，怎麼不到十年就忘了？當初妳如何教她說話的？如何教她走路的？怎麼現在不准她說話？不准她動？」

一席話，使年輕氣盛的她淚眼盈眶。白日，她開始漫步草原，在草原上徘徊深思，她的心胸放寬了，繃緊的面容也放柔了，有了難得的笑靨。在她進城參觀博物館時，還放心地將米莉交給奧優照顧，讓奧優帶米莉加入當地兒童暑假營，與他們一起唱歌。由奧優引領的歌聲迴盪在這「風吹草低見牛羊」的原野，這清純、融入大自然的快樂童音，形成這一部中港合作的動人電影《37》，即指由這三十七位組成的呼倫貝爾兒童合唱團。

感謝佛州弟媳傳來此片讓我分享，使我不用出門，即能在電腦上行萬里路，飽覽內蒙風光和感人肺腑的善良摯情。它不矯揉造作，不故弄玄虛，平鋪直敘地以簡單的情節，直透人心，值得物質過剩卻精神透支的都市人深思，接近大自然可以如此單純快樂！

二〇一四年二月二十七日

按：勒勒車為內蒙當地的一種馬車。

誠實的回報

秋季開學了。開學前兩週，二女兒已從電腦上得知：喬州理工的學費上揚、HOPE獎學金大幅裁減、HOPE書費金已取消、聯邦對優秀學生的獎助也消失。這一番加減動盪，我們不但不能像往年優享豐厚獎助，還得自貼一千五百多元，外加四百多元的書費。國運若此，學子遭殃，只得認了。

喬州理工學院的書店座落在中城第五街的春街與西桃街之間，每學期開始前，我們就得跑一趟。這回我們又來到二樓，讓嘉麗挑挑選選，抱滿一手臂去結帳。我心中惦著吃滿銅板的停車位時間夠否？當看到跳出的總額兩百七十多元時（有點納悶，怎不是四百多？）也沒再深思；嘉麗大概沒睡好，也未思考，就付了信用卡。直到飛馳回家，嘉麗才取出收據細審，這下她叫了：「媽！他們少算了一本一百三十多元的《分子細胞生物》。」

我直覺的反應是：「這還不好？這些書也太敲詐了！」

嘉麗卻緊接著說：「我要給他們打電話！」

我知道她的個性，說做就做！轉念一想，在困厄中還能誠實，不也難得！於是改口讚揚她：「Good Julie, go ahead!」

對方自是十分欣喜，在她的信用卡上再「咬」一口，並歡迎嘉麗隨時去取收據。油費高昂，沒有為此去跑一趟的。於是嘉麗決定開學第一天，利用午休，坐校車Trolley過去。

這學期起，她經過一番歷練，已鼓足勇氣，要自己開車衝刺往返（半年前預付了高昂停車費），不用勞我接送。第一天上課回到家，我笑迎在廚房門口問她：「怎麼樣？妳去拿了收據嗎？經理一定很高興吧！」

這亂世「傻瓜」還不多見吧？

嘉麗淡淡回道：「他賞我一張二十五元的Gift Card。」

哇！連老美也感動！

二〇一一年八月二十五日

後記：在此地受教育的學子，好像都沾上老美的一板一眼。大學畢業多年的大兒子和大女兒三年前回台時，我想塞給他們一把台幣好零用，都遭他們回絕：「媽！我們已多帶了美元，在機場換成台幣了。」好個美國精神！可敬的美國獨立精神！

選戰

文人不談政治，但最近美國兩位總統候選人在第二場電視辯論中的激烈精采，倒令人嘆為觀止。不禁對此情景牽引出多句我們的成語以描繪之。

一開始，雙方都是胸有成竹，蓄勢待發。提問一來，雙方即先後口若懸河，全力以赴；進而箭拔弩張，針鋒相對，唇槍舌劍，互相攻伐，並儘量抓住時機，先聲奪人；偶爾還得強詞奪理，避重就輕。當彼此忍不住密集互轟時，仲裁者CNN女記者Candy Crowley得慌亂地東安西撫，以免砲火蔓延。他們是如此地旗鼓相當，勢均力敵，幾乎難分軒輊，使得徘徊未定的選民莫衷一是，難以抉擇。選期近了，且拭目以待，看鹿死誰手？

天真的美國人，這泱泱經濟大國，積弊已久，當初勇氣可嘉的歐巴馬承接的是一個空前的爛攤子，諸多問題，如何能速戰速決，立時迎刃而解？換個神奇總統或神奇策略，就能妙手回春，萬事如意嗎？不論是誰勝出，大家還是得準備臥薪嘗膽，迎接挑戰。豈止美國人，目前全世界的人都應有個共識：人類文明絕對無法單軌無窮盡地前進，還是得大幅度改變拓展模式，學著收斂，回復簡樸，方能存活啊！

二〇一二年十月十八日

那個沉默的人

在邁阿密湖居時，有位中國鄰居，很熱誠善良。某晚，特帶來兩位過境邁城的華裔客人：一高壯，一瘦長，要探詢此地華人圈的事。

那高壯的王姓客人，因外子也姓王，熱切地要和我們拉同宗關係。他好健談，拉雜問了不少此地的人事，接著天南地北隨興地聊將起來，最後有點露了本性，聊到華航的空姐好標緻，又對在旁靜默陪聽的那瘦長者碰碰肘：「對不對？你坐過華航啊！」對方窘得露著淺笑，踱開去瞧看我們客廳的莊嚴佛案及案旁的佛書。

待那胖客聊盡了興，那瘦者小心翼翼地探詢外子：「你們還需要佛書嗎？我舊金山的家中有不少呢！」外子雀躍了，對於他，書是多多益善，何況佛書。

數週後，我們收到他誠摯寄來的好幾大箱，各種大乘經典的注疏講解都有，還有珍貴的線裝本佛經呢！這大批寶藏成了家中佛書的主流，大大豐富了我們的般若文庫。

猶記初見面那晚，他的話不多。我仍記得，他說他茹素，所以常有吃不飽的感覺，只好多吃些飯。我心中想著，可憐的男人。

此後逢年過節，我們主動和他通卡問安。他曾在回卡中提到，丈人和丈母娘都和他同住，他也得幫著照看他們的病痛。之後不知何故，連繫就從疏到無了。

轉眼，晃去二十多年，那位陳先生還在加州嗎？他善贈的佛書，正讓閒休的我，慢慢受益。

二〇一一年六月二十八日

那瓶來自寶島的……

向來買東西，都清晰地知道要做什麼用，倒是六年前回台，和北一女校友同遊南投，在群山環繞的車埕小鎮，禁不住那股濃濃木香的誘惑，隨眾人買下一小玻璃瓶暗褐色如香水般的檜木油。也忘了問店家是做什麼用？是滋潤皮膚的嗎？就這麼寶貝似地攜來美國，擱在床頭。有事沒事就旋開金亮的瓶蓋，暢吸那漫出的木香。

這寶島的木香，馬上將我的記憶拉回二〇〇六年秋天，那珍貴的高中畢業四十年團聚、那遊覽車上的同歡共樂、那天藍山翠的寶島風光。來到南投集集，與歷史悠久的火車站合影，被琳瑯滿目的話梅和蜜餞兜去、見識了怵目驚心的九二一大震廟宇遺跡。喜臨清幽秀美的檜木集散地——車埕小鎮，難忘那長長的木橋、橋下泡滿檜木的水、四面環水有著大片格子窗的木亭屋、處處檜木的建築。小徑上迤邐走去，一路沉浸在那清馥純樸的木香中，香出了寶島台灣的風味，香出了寶島密連連的山、翠盈盈的綠。

至今不知這小瓶油怎麼用？至少它滋潤了我的心靈，牽引我一次次地回去。

二〇一二年四月二十二日

都為了那玫瑰紅

二女兒嘉麗非常節儉，這些年來，從不逛街消費，偶而我上梅西，她也不跟。上禮拜，倒突然對我說，她要上網訂購幾件夏衫。我雖不反對她的偶而消費，但積多年的購衣經驗，深覺不妥，忍不住稍帶責備：「做什麼不到店裡去買？衣服總得親自穿穿看啊！」她偏執拗，覺得挺了不起再退還。「那多麻煩唷！」我雖不以為然，但是看情況還是隨她去。

美國商人動作快，沒幾天，三件上衫就送到門口。我因進出忙碌，也沒去察看「後續」如何。前天，她才囁嚅地對我說：「特小號有點緊，可能小號會剛好。」可不是？不聽媽媽言，吃虧在眼前！

「三件在哪裡？讓我瞧瞧！」我因自己做過衣服，可以用眼睛量尺寸。這一看，還沒來得及教訓她，已先被其中一件美麗的玫瑰紅吸去。那種款式和那份亮麗的紅，怕去梅西也買不到。於是微惱平息，態度和緩下來：「這三件退回去，換稍大的吧！」

美國商人倒好說話，一通電話就得到許可，只要將衣服塞入原包裝，貼上對方已付郵的貼紙就成，相當簡便。我等著那新的玫瑰紅隨著深藍與白的再次蒞臨。

投緣的顏色，可以多麼奇妙地觸動心弦。耶誕送禮，你知道對方喜愛什麼顏色嗎？

二〇一一年十二月八日

閒情話竹

勁節挺立　向天不屈　中空謙懷似君子
翠葉吹涼　觸地生筍　漫山成林忍寒冬

它，一竿竿地，成林成片，綠得好「東方」。在洋邦異國，也只能於東方公園或國畫中，覓得它的英蹤。

它是多少長輩的農村回憶：常聽娘家媽媽提起，她們幼時的竹林穿梭；端午節粽，還是現摘的竹葉子裹的；剖開的大竹節，節節相連，就能引著泉水到家；曬衣的竹竿子、搧涼的竹扇子、坐歇的竹凳子、三餐的竹筷子，隨處有它的情纏著。清晨未露陽即割採的嫩筍，有說不盡的甜香。呵！竹風蘭雨，有著多少草根的記憶牽攀著它。手巧的二哥也拿它戲耍：他曾剖出些細竹條，用紙糊出個大風箏，帶我去九份山上，放向太平洋的蔚藍。遷來台北，也不知他從哪兒去尋到竹，截出一段竹筒，削磨出個案上筆筒。那段讀瓊瑤的年代，依稀記得在《庭院深深》中，她砌構出一管綠竹筒，上插紅玫瑰的綺思……女作家雲菁不惜由美赴台，走訪花蓮，面晤證嚴法師，在精舍嘗到香噴噴的竹筒飯。

至於筍啊！是另一章寫不盡的情。它有孟宗哭筍的孝思，有多少海外華人的鄉思。每次回台，怎不趁機大啖筍味，以解鄉愁？飄洋過海而來的筍包、筍罐，已失了真摯的田野味了。據聞，華府的資深女作家吳崇蘭曾自闢竹林，自採嫩筍，廣送友人，誠為美事。可惜竹子因根多易蔓，和柳一樣，成了洋人庭院的禁忌。為與洋人安處，還不敢隨興去種它，只能種在心中，遙想竹風吹送。

二〇一二年十月二十六日

按：最近偶讀渡也之竹詩，愛其「穿好一襲墨衣，去鄭板橋畫裡，父母兄弟都是這樣的個性，永遠硬著頭顱而不肯破裂」之句，遂興起，也談竹。

電話情緣

現代人，哪個不講電話？哪怕伊媚兒、簡訊等先後通行，有時，還是喜歡捎個電話和對方互通訊息，不管緊要或家常，總是繁忙中的一小段抒解休閒。偏我個性內向，甚少主動沒來由地給誰撥個電話。在仍當「幸福的女兒」時，每個月會提醒自己，給台北的媽媽電話問候，她老人家喜歡接電話啊！

家中老爺一向健談，最受不了他的話河滔滔。每當他得外州出差時，我會以為，可讓我清靜一陣子了。其實不然，他遠在加州時，至少一天一通電話，其思家情懷，不亦深乎！我們的四個子女，就有三個是他的遺傳，我一一應付，現只二女兒在身邊，她朋友不多，而我是個寧可安靜看書的媽媽，可不是她的話搭子。有時她會羨慕我偶爾的電談：「媽！您不大跟我說話，怎麼跟朋友就話多呢？」我辯白：「那可是對方打過來的，又不是我打過去。」真的，我總覺得電話是一種打擾，非不得已，我不撥。連自己的親弟弟，我都小心翼翼地算時間，會不會他今晚要去查經班呢？但偶而，真是非常驚喜地接到一些意想不到的電話。

記得數年前曾寄送一本剛出版的詩集去給溫哥華的瘂弦，未料到他親自來電話道謝，我滿懷欣奮地驚呼：「啊呀！是您給我打電話啊！」又數月前上網讀到「海外華文女作協」副會長張純瑛的一篇〈何事長向別時圓〉，蠻欣賞的。未料兩個月後，她竟從華府來一通電話邀稿，仰慕的人兒「現聲」了，怎不興奮呢！

週一晚，突接書香社劉北教授來電，提次日氣象預告會下雪，是否元月份聚會延後？真虧他這通電話，我才從繁忙中醒過來，緊急通知，電話和伊媚兒雙管齊下。次日近午，果然冰寒加雪花，亞城又「上演」了史無前例的交通大堵塞，多少人歸不得也。心想若無他的電話提醒，後果將何以堪？謹以此文，向劉教授深謝！

二〇一四年一月三十一日

點滴洋餐緣

一晃，來美已四十多年，深深領受到老美的拘謹守法、壯健敏捷，自己在行事舉止上，難免潛移默化。唯獨飲食方面，卻仍固守傳統，至今不碰繞著老美團團轉的乳酪、優格、牛排、漢堡等洋食。有句西諺說：「童年的食譜是一輩子的菜單」，沒錯！至今仍愛翻炒蒸煮，甚少去動烤箱，去學弄洋菜。

一向習慣清淡口味，對於偶爾「不慎」接觸到的洋食，不管是湯、三明治、或任何主菜，總震懾於它們味道之鹹，往往難以入口。有時長途開車得中途歇息時，我愛去Subway，因為可吩咐一聲：「No salt, please!」口味就會鹹淡適中。真奇怪，老美各個是鹽罐子嗎？另方面，他們的甜點都甜得膩過頭。我喜歡他們的蘋果派餅，可惜還是太甜了些。於是自己買蘋果和派皮，自己動手做。依著食譜，卻只放一半的糖，結果味道非常美妙，正是中庸之道呵！雖說洋食難得讓我讚賞，卻有一樁，至今難忘。

記得在二〇〇二年春天，小女兒艾梅十四歲那年，我帶著她與另一對老美母子同車東征喬州海岸的名城Savannah為參加All State青少年管弦樂團的演出。兩天的勤練，第三天音樂會後，當晚為犒賞他們，齊赴當地享有盛名的海鮮餐廳The Pirates' House大快朵頤一番。老美注重佈置，一進去暗幽幽的，餐桌零落分布在一間又一間貼壁的角落中。其間又零星散綴著海盜、船隻和財寶等物，彷如蘇格蘭小說《金銀島》中的佈局，蠻恐怖詭異的，孩子們倒興奮呢！白衣的侍應生先送上一大條擱在砧板上柔軟溫熱的美味麵包，真好！不鹹啊，還有點微甜。就那口感甚佳的新鮮麵包，我已愛上這家餐廳。沙拉之後，正宗的海鮮大餐上桌，天啊！是諾大一海盤無比豐盛的各樣繽紛海鮮！老美之料理海產不外是「炸」，哪有我們的紅燒、醋溜、清蒸、燴炒等多種靈巧烹調？但那一大盤倒都炸得恰到好處，酥嫩美味，除了好多明蝦和魚片外，還有肥大的川貝，調理得鮮嫩可口，又綴著不少蚌和牡蠣等等，份量之豐，足以使一般多菜少肉的華人嚇昏，別提節制寡食的日本人，可以養一家子了。我們暢享之餘，還能打包。帶回亞城後，竟又足足享用了兩天。天呵！老美的闊氣，能不敬畏乎？

雖說我和外子都是一貫的「老中腸胃」，但我們的四個子女，在這泱泱大熔爐的美國出生長大，他們所接觸領受的各地食物，遠比我們這飄洋過海而來的一代多采多姿。且不提大兒子對所有美國飲食的來者不拒，他下面三個妹妹都能欣賞老美的乳酪耶！尤其是外向的大女兒貞妮講究飲食，喜愛烹調，高中時代起，就和同窗好友到處遊逛、餐飲聚聊，她們遊遍泰餐店、印度餐店、希臘餐店、韓國店、越南店，好像世界各地的奇珍異食都能接納。華盛頓大學畢業後，即從西雅圖越洋去日本教英文，前後九年，除了一口流利日語，還吸取了東瀛料理，加上原就鍾情的地中海及中東飲食。今秋倦鳥歸巢，開始展露身手，讓我們初嚐一些異地美食。她靈活運用農夫市場購回的二十多種香料，陸續推出有著北非摩洛哥口味的青椒洋蔥烤鮭魚、又用中東食材再加歐洲口味的香腸蔬菜濃湯、義大利式香料雜燴麵等，都滋味不賴，還有一些是她融會貫通後自創的菜餚。家中冷落的烤箱再受重用，冰箱的抽屜中不只是芹菜、芫荽，還多擠入了九層塔（Basil）、山艾（Sage）、迷迭香（Rosemary）、百里香（Thyme）、蒔蘿（Dill）、茴香（Fennel）等等，讓我見識了諸多罕買的香草，從前少用的橄欖油也成了廚中新寵。她使我們從華食的「牢籠」中走出來透氣，看到更為寬廣的世界。今午，她在餐桌上把玩著散步揀來的橡子，笑對我說：「媽，我昨天和朋友去一家韓國餐館，他們的麵還是橡子做的呢！」她是如此興緻勃勃地不斷在添食經，明年初就要去巴黎半年讀攝影，不知回來還要玩出多少花樣？

感恩節近了，貞妮正興奮著在策劃感恩餐。我雖不慣大魚大肉，但一年一度，至少會欣賞那甜香的南瓜派餅。

二〇一三年十一月二十五日

按：此篇乃應「海外華文女作協」之《異國食緣》徵文而寫。

卷二

遠去的呢喃

凡所有相，皆是虛幻？

那裡有山，好多山；有水，好涼的泉水；有香蕉，好多香蕉樹！

大三那年，隨系上教授南下，深入南投埔里，進行平埔族的研究調查。我們這批「台北學子」就深深愛上那新鮮環境，有台北沒有的清新、純樸和鄉野。埔里郊外平埔族村落，處處青翠繞著矮屋；屋前、屋後，芭蕉處處。村下旖旎的南港溪畔，水田連綿，溪水清淺，流訴著村中故事；牛眠山下的人家，依山而居，自設水管，引來山泉，清澈甘甜，供應無缺。埔里的水，埔里的酒，埔里的張美瑤，張美瑤的《梨山春曉》……一波波美麗的回憶，來自台灣的心腹地。

難忘那回，教授抽空，帶我們跋涉，深入霧社去享泡溫泉。不慣那股硫磺、那份濃滑，我們溜到外頭，赤足去嬉濺山溪的清涼。

說起南投，有多少珍貴的往事。別提公路之險峻撼麗、山偉水幽。大禹嶺的雪景、大禹嶺的梅花、大禹嶺的雪夜星空，是大學合唱團時代，恆難抹去的一段回憶頌歌。

還有入口的豐原，豐原的月餅；埔里的前站台中，台中的太陽堂；往上的新竹，新竹的蜜豆冰……一站站有一站站的戀情。以為它們永遠在那裡，隨君去逗留遊覽。萬沒料到九月二十一日晨的強烈地震，一切的安和樂利、繁榮美好，霎時崩潰瓦解，撕裂震毀。多少無辜，葬身瓦礫堆。斷井殘垣，更添哀嚎欲絕，讓人觸目驚心，悲淒難忍。損毀之鉅，全球震驚。慈悲賑濟，溫情流溢。

原來「形相」如此誆人。任何的美，終究要毀。只是如此突兀，教人難以置信！人類是如此渺小，任由天災玩弄；卻又如此偉大，永遠從破敗中再重建起來！

二〇一〇年十月一日　刊於《華聲報》

按：文題仿《金剛經》之「凡所有相，皆是虛妄」，末字用「幻」，有「夢幻泡影」之嘆。

塵世偶拾

一個清閒午後，來到大華超市選購新鮮麵包蔬果。因不是週末，長排的諸多出口只開了一處。舒閒地列隊等候，不經意瞥見嬌小的女店員，居然漾著華人罕有的可掬笑容，在做親切的服務。白晰的臉龐不時現出笑渦。一對小圓綠耳墜在頰邊晃著，頸間的細金項鍊還懸著一塊翠玉白菜。這份搭配，使我楞住了。原來翠玉和細膩的肌膚如此相得異彰，只有細緻的中國女人最適合佩玉吧？

❦ ❦ ❦ ❦ ❦

書桌上每有未付的帳單盤據，常撥空快速處理，才得心淨地讀讀寫寫。今日午後，捧進一疊郵件，發現夾著三、五份帳單，於是如常，一一先處理。理到一份兒子的美國運通信用卡（不久前才申請到）帳單時，奇的是，一股花香不知何處飄來？在寫支票時，覺得連手都是香的，一番搜尋，原來香氣出自信封上那一條寬寬的綠橫線。這時倒要佩服美國人的花招——讓你在無可奈何地付帳時，也有花香瀰漫，多美呵！

一九九四年五月一日　刊於《華訊報》

夏日碎語

夏，迅速地降臨。處處是密濃農的綠，豔點點的紅。亮橘的金針花，成排爛開著。各色玫瑰，在驕陽下慵懶展姿。鳥鳴蟲唧，處處是盎然的生機，大自然最活潑的喧囂期。

夏的情趣，不在於接受它的直接燒烤，而是去濃蔭下、清水中覓尋陰涼。夏日的樹下涼風最舒爽，夏日的水中戲游最愜意。無樹無水的夏，如何令人歡喜？

夏天的晚上，比亮晃晃的白日，還教人神馳。豔陽沉沒，熱氣漸消，夜風送涼，明月如皎，薄衫輕屣任消遙。零星螢火，幽浮明滅，是夏夜最生動的點綴；唧唧蟲鳴，殷勤不絕，是夏夜最動聽的音樂。遠處仍有幾抹夕陽餘暉，夜應深，天卻未全黑。睏意未濃，想抽空用功，倒也無事，時間何期豐？明晨又早早破曉，再暢享燦爛與清涼。我愛炎夏勝隆冬。

一九九七年八月一日　刊於《華聲報》

夏日綴拾

巧

金燦燦的夏，炙得令人吃不消。帶著小女兒，去社區游泳池倘佯。她笑瞇了眼，在水的清涼中浮沉。我在歇椅上、陽傘下，重溫林清玄的《清涼菩提》。好久未碰此書了，許是暑氣太熾，渴望清涼，把它從群書中抽出。翻開扉頁，只見寫著：「一九九〇年七月一日購於世界書局」，不覺一愣！今天可不就是七月一日嗎？

又正好過了七年！當初在炎夏買它，也是這份渴望清涼的心情吧？但一年中有幾個七月一日？對這三百六十五分之一的或然率真覺不可思議。就當作一段夏日插曲，一個偶然的巧合。

種

家屋西南角，經外子除去了枯樹、野藤，顯得光禿禿的，又最受日曬，更覺突出。常想著，若能種幾株經得起日曬的向日葵，讓一張張燦開的大黃臉在那兒坦然歡笑，倒強過空無一物的光禿。

想歸想，沒真正去做。直到今年春天，才找出去年興起買下的向日葵花籽，試著埋下數粒在小盆中。怕鳥兒啄食，將它藏在牆邊的樹叢下。天天去澆點水，數星期後，果然冒出了青嫩的幼苗，這對於不常有綠手指的我是相當欣喜的，一時增了不少信心。於是將小盆稍移出，半受些陽光再日日澆水，它也聽話地日日夜夜在長大。直到長高得要站不住腳了，才將它們移種到較大的盆中。一共有三棵，分種了三個花盆。它們已亭亭玉立，過了藏羞期，可公開露面了。我將它們放在那塊明亮的光禿地，連同其它零星買來的紅紅紫紫大小花盆，一塊兒點綴那角落。

它們有了伴，持續在成長，一對對的綠葉兒愈長愈大片，莖幹兒也愈來愈高壯，又要站不住腳了，不得不再移種。

這回不再找花盆，而是想讓它們真正紮根在土地上，真正能充分自由地成長。一番冷靜思考，那塊光禿地下面其實有不少排水管穿梭，又有重要的瓦斯管橫過，實不敢照夢想去挖掘種花，只能擺些花盆安全。而附近的杜鵑叢旁，正好有塊陽光普照的空地，貼近西南角。就讓這三棵長成身段的綠少女亭立在杜鵑叢邊，繼續不斷地豐碩，瞧她們孕育出奇蹟。

暑氣漸熾，終於上端大葉子中央，漸露出了黃色花苞。我和女孩子們都等不及要目睹它們黃澄澄的盛大開放。七月初的一個燠熱上午，孩子們在前院大叫，驚喜於看到它們笑開了兩個黃臉。那份懾人的大呵！那份毫無掩藏的黃豔豔，就適合開在濃熱的夏吧？它愛太陽，我們愛它！將夢「種」成事實，是多美的過程！

一九九七年八月十六日　刊於《華聲報》

濁世清流

最近拜讀趙校長的〈漫談中國文化〉，真有無限感觸。他開頭就提到一批年輕人的體貼周到，使我很快聯想到與我同居亞城的侄子，是位成熟穩重的模範青年，在目前大多數的青少年正過著空談虛浮、遊蕩狂歡的顛倒生活時，他的嚴謹務實、中規中矩，使我覺得彌足珍貴。

他是大哥的長子，也是我從小看大的。在台灣出生時，我正上大學。是我媽的寶貝長孫，卻沒被寵嬌慣壞。過了兩年，有了弟弟，也不會爭寵或欺負弟弟。三、四歲時，大哥、大嫂就先後赴美，留下他兄弟倆讓我和媽媽照顧。他很成熟懂事，從不哭鬧。與弟弟外出，還會照看弟弟，並留意弟弟是否拿了他人的玩具。有回兄弟倆溜達到附近的水果行，老闆娘見他們可愛，要送他們一些水果，他不敢收，拉了弟弟的手跑回家。從小，他就有這股清廉作風。從小，他就懂得體貼別人，不為了自己去貪求。大哥、大嫂不在，他不曾哭鬧，也不知他內心是否難過？直到有回收到大嫂的錄音帶，他在客廳默默地聽，默默地回到臥房，這才淚流滿面地哭倒床上。

大嫂走後那年夏天，她父親見我媽帶得辛苦，執意要帶他們兄弟倆赴美依親團聚（趁他到美國出差之便），雖然大哥剛畢業，尚無妥當工作，大嫂還在打工，情況尚不允許這種團聚，但他們在外公的帶領下，還是去了。聽說在飛機上，小弟弟哭著要阿嬤、阿姑，他倒一路乖巧，未給外公麻煩。

他們來到紐澤西州，翌年，我也從台灣來到康州，我們兩家常約在中國城見面。不久，他們南遷喬州，數年後，我們也南遷佛州。萬沒料到，十多年後，外子的工作調到亞城，使我們和大哥一家竟能同居一地。數年前，在亞城長居了二十年的大哥，萬沒料到因工作的變遷，得離開亞城，轉赴德州。但這時他的孩子們已先後從喬州理工學院畢業，已各自有了穩當的工作，無須隨父母遷移。

同樣的情況又來了，大哥、大嫂先後離開亞城，又把兩個兒子留給我這姑媽，只是他們已不再是小孩，而是相當獨立自主的大男孩了。只有逢年過節才邀他們來團聚。其實我需要他們的時候，遠超過他們需要我。有次媽媽計劃來亞城，需人去機場迎接。那時我身邊有小女娃，加上對亞城路不熟，還不敢「遠征」機場，於是打電話給侄子，他說不巧那天有靈修會，不過會考慮。過幾天，他來電，說已取消去靈修會，他要去接阿嬤。為了和阿嬤溝通，他很努力地在學台語，把童年時說得流利，後一度失去的語言，再拾回來。也同時努力在學國語，上次返台過年，使他體認到回歸自己文化的重要。

話說我這小女娃很怕大男生，初次見他時，嚇得哇哇大哭，使他恐慌道：「我沒有碰她呀！」這小女娃慢慢長大了，也漸漸喜歡這大表哥了。尤其她上面兩個姊姊，每次聽說表哥們要來，總興奮得又跳又叫的。因為我生性愛靜，能不動就不動，很少出去玩。女孩子們跟我一起「關」，實在無趣。而表哥們來，可以帶她們去看電影、去郊遊、去野餐，樂趣多多。這位侄子似乎很體貼我們，每逢他們公司有員工野餐、音樂會或什麼特殊活動，就會來電話約這些表妹們。為了不給他添麻煩，通常只讓兩個大的去，小女娃還是跟我在家。直到大前年夏天，侄子來，這小女娃五歲了。他說：「小艾梅可以去！今天有小孩子的節目。」於是我難得地放了半天假。

他殷勤地侍候表妹們，自己倒沒活躍於交女朋友。工作之餘，他還熱心教會活動、教主日學、辦青年團契。有時表妹們會纏問他，喜歡娶什麼樣的女孩子？他笑笑回道：「她須是基督徒，她須有開闊的心胸。」

他生性節儉，沒有一般年輕人的浮華作風。大學畢業後，就自己工作存錢，自己買車。數年後，更趁利率低時，買了一棟精緻的小洋房，還讓弟弟住進去。這位從小活潑調皮的弟弟，在他的調教下，已受了洗，變得有規有矩，相當斯文。相信在德州的大哥、大嫂，對他們的獨立自主，可放一百個心。

奧運期間，他來帶女孩子們去遊奧運公園。兩天後，公園爆炸了。在紐約的兒子趕緊來電探問。我回說：「沒事呀！貞妮她們和表哥出去的。Oliver十點就送她們回來了！」

這是信！他說幾點回來就幾點回來。但今天無信的人知多少？善人無多，值得表揚，故此為文。

一九九六年十月十六日　刊於《華聲報》

物理老師

歲月匆逝，某些往事卻鮮明如昨日。常愛回憶少女時代的幾位恩師，其言談笑貌，還在腦際縈繞。

記得高三那年，我們文組班也開始上物理課。這位物理老師五短身材，皮膚黝黑，笑開來亮出一口潔白整齊的牙齒（某同學私下戲稱他「黑人牙膏」）。第一天上台，他在黑板上寫下兩個大字：李畊。好個農家氣息的名字！其字端挺，頗有帖意，配當國文老師嘛！心中這麼想。果然他講起課來，常帶著文學氣息。

當時按規定，文科班也得修物理。但聯考不考它，同學們並不太熱衷，所以在文組教理科是很委屈的，就如同在理科班教史地一樣地彆扭。而這位李老師卻聲音宏亮，教法獨特，大部份同學深深受其吸引，不會偷看別的書。

他在上課時，常將文理哲學，溶為一爐。記得教到「音叉原理」時，他就提出一句成語「不平則鳴」來相印證。又用《心經》的「色即是空，空即是色」來解釋「光的原理」。有一回，竟在堂上朗誦起〈楓橋夜泊〉來。正奇怪他為何突發詩興？別是昏了頭，誤將物理課當成國文課，原來他另有文章。只聽他道：「『姑蘇城外寒山寺，夜半鐘聲到客船』，正說明晚上的風由陸吹向海，所以山上的鐘聲會下傳到海邊的船上……」諸如此類的別致比擬解說，不勝枚舉。

這位先生又酷愛攝影。我們高中畢業旅行時，他也背著相機跟我們一道去。在礁溪的五峰瀑布下，同學們正三五成群地在石塊上危行嬉戲時，忽然瞥見他，端著他那名貴相機，在向我們這些綠衣黑裙族瞄準，大家嚇得直躲，都嚷道：「好討厭！」可是有一回，他想招待我們欣賞他的幻燈片時，倒都興沖沖地一擁而去。

記得是在科學館樓下一間特別教室裡，黑漆漆地，大家濟濟一堂，看他放映作品。一張張都是他自己的傑作，不少是校園的景物。一棵樹，一朵花，都因他的擅於取景而呈現特出的美。有一張印象最深刻，那是一幅海上落日：豔火火的落日染紅了海和天。後座一位俏皮的同學脫口而出：「幾度夕陽紅！」引來哄堂大笑。我彷彿感到物理老師也在笑，是得到共鳴的笑，受到讚賞的笑。

三十多年了，無數個「夕陽紅」瞬逝了。同學們勞燕分飛，還記得綠園往事否？謹以此文遙候李老師，祝他依然健康快樂！

二〇〇九年三月二十六日　刊於《聯華報》

第一夫人的形象

前不久，報上熱鬧著第一夫人喜萊莉之為人輕賤的消息。雖是被挖出的私語直言，其形象之不受男人敬重是事實。委屈的是，力求表現的喜萊莉絕未料到她以第一夫人之尊竟落得此種評語。表面上看，這不過是政治新聞上的一段插曲，但很值得今天的女人深思。

人類在過去數千年來，尤其在東方社會，女性嚴重地受到壓抑，總在男人的雄風下苟活。近百年來，隨著諸多「不平等條約」的一一解除，女性的智慧才漸漸展露光芒。今天，在各行各業，幾乎都有女人參與，甚至較高階層的主管寶座，也不乏女人盤據，許多男人已領教過讓女主管指揮的滋味。可見過去的不平等是人為的，是不自然的，女人的智慧實在不遜於男人，男人沒有理由可以輕賤女人。喜萊莉女士是目前這男女平權時代中塑造出的極為傑出的女性。其學識、其才華、其成就是一般人，不論男女，都望塵莫及。如是卓越，竟遭貶抑，為什麼？問題就在性別上。因為在今天，男人可以自我表現，女人，尤其是第一夫人，還不能。所以在男女平權下，其實還隱著嚴重的不平等。

第一夫人的角色，表面上很好聽，其實不過是總統的陪襯，只要端莊高雅伴在一旁即可，偶而和婦女團體聯繫，辦辦午餐會，訪問孤兒院等做些軟性工作就成。但對於才華不遜於男性的喜萊莉，和女人、小人等接觸是何等無聊委屈？但她忘了，她不過是第一夫人，還不是女總統。而且目前的美國，其實仍是男性社會，許多政治、軍事、經濟等大事，男人是不愛女人干涉的。以前甘迺迪總統當政時，其夫人賈桂琳不僅高雅端莊，也是才華橫逸，但她貢獻在白宮的藝術裝潢方面，未涉足男人的正事，而普遍贏得了愛戴。所以男女應該平權，但不是一樣，否則上天不用創了男人，再造女人。女人的善巧靈慧，正好用來彌補男人的不足。男女在社會上應是分工合作，互放光芒。問題是，女人的長處若正好介入男人的領域，只得自我收斂些，因為男人還不習慣女人這麼「強」呢！

在這男女平起平坐的時代，男人可能還是比較喜歡徐志摩筆下的日本女人：

「最是那低頭的溫柔，像一朵水蓮花……」

二〇〇六年二月十六日　刊於《華訊報》

綠

不論是墨綠、淺綠，不論是黃綠、藍綠、碧綠，甚或湖綠、蔥綠、藻綠，只要是綠的「親戚」，都捎來舒暢心怡。

密林裡的綠影婆娑，潭水中的綠影晃映，垂柳婦婦吹綠，翠柏巍巍傲綠；放眼，綠野一望無際，延鋪著生機，正是：「迎目皆是綠，滌除心中慮了。」

女人玉手上晃動的玉鐲子，項間潤飾的玉墜子，波斯貓的透明眼瞳子，鴛鴦、孔雀、鸚哥的輝煌亮羽，不都閃出令人心醉的翡翠誘惑？綠，也是美的點綴。

當中東沙漠烽火起，槍林彈雨，恐懼與塵沙齊飛時，我們仍能安居於平和松綠的桃源裡，多值得感恩！綠原中無有利害攸關的油井、油田，有的是和平、自在，已無限珍貴。

窗外，綠來了！成簇地、成片地，繁密蓬勃地滋生著，是上天賜予人類最慷慨美麗的春禮。

二〇〇三年四月一日　刊於《華聲報》

舊杯溫情

不知從哪天開始，家裡的大女兒發現了廚房的櫃架上端立著一對透明高腳香檳杯，常嚷著要拿下來裝蘋果汁，和妹妹「對飲」娛樂一番。原先不許，怕她們不小心砸破了。後來經不起她一再懇求，才偶爾破例取下，讓她們辦家家酒去。但一顆心總是提懸著，等她們碰杯玩樂，細細啜飲後，又快快洗淨，悄悄收起。年輕的她們，可知這對杯子的來歷？

二十多年前的年初，揮別了寶島的家人親友，來到奇異陌生的美洲大陸東北方，住進外子在哈特福市的一間小公寓裡。那時正值隆冬，常得推開厚重的大門（來到美國，發現許多公寓和商店的門都是又厚又重），迎面常是一股奇特的暖氣味，熱烘烘地襲來，忙不迭地要脫去厚重的美國大衣，才能適應裡面的溫暖。當時還是外子掌廚，餐餐由他招待。

記得他端給我的第一杯美國飲料是涼涼的薑汁汽水。奇怪的是，他把汽水盛在一只高腳的長筒玻璃杯裡。我內心納悶：又不是喝香檳？倒不好說出口，欣然接受了。暖氣烘得口乾舌燥，那杯汽水適時地涼沁了身心。

飲後，倚在映著雪景的窗旁，遠處教堂的鐘聲隱隱傳來，低頭端詳這別致的小杯子，心中想著：好古怪的男人！好可愛的杯子。

數星期後，入廚掌理廚政，發現這種杯子一共有四個呢！好像不是什麼高級水晶，不過是普通玻璃吧？沒有任何花飾，只是單調的光滑。也許是裝過解渴的薑汁汽水，我對它們一直印象良好，還特意珍惜，不敢常用。多年來幾番遷移，它們也都跟著。卻有兩次在邁阿密，被我先後不慎撞倒，打破了兩個，心疼不已。剩下這一對，就更寶貝了。

其實杯子本身沒什麼好執著的，只是藉著它們，引回過去那段初抵異域的年輕時光。時間原催逼著我們一直往前進，沒有選擇的餘地。但偶爾，也想回頭尋覓，那些漸行遠去的足跡。

二〇一〇年三月二十三日　刊於《聯華報》

詩雨

秋景凋零，寒雨陣陣，又到了歲末。每年，總有段期間，又冷又潮，數日不見陽光。有一年，就在這長段濕冷中，大女兒發燒，不能上學，又逢「三毛事件」，頓時心中一片陰霾籠罩。其實雨也是大自然的景觀之一，也值得欣賞。可能沒有人喜歡淋雨，但若心中清閒，聽雨、賞雨也是一項樂事，暫無陽光何妨？

窗外，淅淅瀝瀝的雨聲，使我想起十多年前初抵邁阿密時，遷入古巴區一玲瓏小屋。我們在後院的水泥地上加蓋了三面圍紗的陽台間。邁阿密終年晴朗，只在夏季午後，有狂肆的西北雨。陽台間落成後的初次驟雨，至今難忘：但見剎那風狂雨急，簷下水流如注，昇起陣陣水霧。風兒夾著雨絲，滲入紗內，淋不到雨，卻在風雨交旋中親歷其境，彷彿置身大自然的交響樂中。望向紗外，遠處綠煙迷濛，是份難忘的淒美。台北的雨，是何等景觀，已漸遙遠淡忘；童年的故鄉九份的雨，就更渺茫虛無，但一定帶給我過美的震撼。

雨是濕的，也是詩的。

一九九五年十二月十六日　刊於《華訊報》

鼓勵

華人在美國，仍是少數民族。但是在青少年的鋼琴比賽場所，就不一樣了。那裡，幾乎九成以上是東方面孔，金髮碧眼的洋人反成了鳳毛麟角。

淡淡的三月天，卻是此地的鋼琴比賽緊鑼密鼓的時節。我多次陪著小女兒「殺進殺出」，漸練就一身處危不亂的「功夫」。且說三月上旬一個週六上午，我們又「殺」到現場，靜待時刻來臨。送艾梅入了考場，我緩緩踱到擺滿鋼琴的前廳去溜達。望向窗外遠處高速公路的忙喧和上方藍天的悠閒。收回視線，才注意到琴旁靠窗的小沙發上，坐著個金髮小女孩，大概八、九歲，一身春天的洋裝，可惜小臉上沒有煥著春天的光采，倒繃得緊緊，小手拿著琴譜不安地晃搖。捱著她坐在琴椅上的年輕女士，顯然是她媽媽，望著我笑。

我不忍地拍拍小女孩的肩：「妳在緊張嗎？來！讓我看看妳的譜。哇！好簡單嘛！很不用緊張呢！我女兒的比妳難多了。」接著又對她說：「忘了這是比賽，不過是來表演，把妳心中最美的音樂彈出來，讓評審員感動就是了。」

她媽媽感激地點點頭，對她女兒提示：「她說得很對，不是嗎？妳就照著去做啊！」

當考場中旋出了小女兒旖旎的蕭邦圓舞曲時，這對母女已過關出來了。這媽媽滿臉光采，愉悅地對我說：「她入選了！真謝謝妳！」

我們相視而笑。

二〇〇〇年三月十六日　刊於《華聲報》

卷三

旅遊採摘

真有福份！又能抽空回台，探親訪友，兜些樂趣回來，在這災難日頻的年代。

輕安返鄉行

團圓

有二十多年了，我和四兄弟分散各地，沒能一塊團聚過。記得上回是在一九九〇年，全家族聚在亞特蘭大的石頭山歡度媽媽七十生日，此後各自奔忙。一九九九年慶賀媽媽八十生日的阿拉斯加船遊，惟我缺席。二〇〇八年在台北的九十大壽預慶，偏漏了小弟。這回二哥的七十歲生日，無論如何，他要召集我們全體到齊。於是，大嫂、大哥先後回台，我和小弟一家也同機隨後趕到，總算圓了家族夢。五月十一日晚上，我們全都住進了二哥山上的豪宅。

慶宴

因受東南方遠洋颱風的影響，週五（十三日）清晨開始細雨陣陣。持有國際駕照的小弟，在上午雨停後，借開二哥三小姐的車，載著小弟婦惠美、其女芬妮、大哥與我，下山去新中街大弟家看望將滿九一高齡的媽媽。媽媽自是十分欣喜。她老人家除了短期記憶衰退，其餘情況相當平安健朗，日日遊園、課誦禮佛如故。大弟婦特別備辦了豐盛午餐，有米粉、醉蝦、涼拌小黃瓜和筍絲等等，大家歡食暢聊，飽餐後才回到山上。

回來歇睡一陣，即起來梳洗換裝，準備出發去赴晚上的二哥壽辰慶賀宴。仍由小弟操方向盤，載我們跟著二哥的凌志，在雨中的下班車潮裡前進，總算抵達位於忠孝東路五段的彭園餐廳。

與大前年媽媽的九十預慶相似，幾乎所有曾家人及陳家人都到齊了。久別重逢，大家忙於廝見敘聊。我見到一位蹣跚入門的衰竭老人，挨在四妗旁，原來是四舅舅，他竟老得讓人認不出。倒是高挺的叔叔，雖已年滿八七高齡，依然英姿煥發，精神抖擻。而嬸嬸仍是癱坐輪椅，由兩位外勞，護駕而來。每個人的故事，如此不同。

我緊挨著媽媽，和叔叔、大哥、二哥、三舅、四舅、四妗、五妗等坐在最前方的主桌，接近舞台。今晚慶賀節目的主持人是二哥的四千金明慧小姐。她一頭蓬鬆的短髮，一身紅花短裙洋裝，足登細跟高跟鞋，以一口年輕人難能說出的純正台語，亮麗風光地推出一個個姊妹檔私下策劃一年的節目：包括諸多舊相片的剪接、自導自演的短片，有趣生動地演出二哥與二嫂的相識過程，全場爆笑！明慧飾演婚前的二嫂，眉間還點了顆二嫂的黑痣。她與二哥結識於保齡球館，影片由此展開。不知從哪尋來個男孩子，演出年輕的二哥如何看上二嫂，以此慶賀二哥生日兼結婚三十五週年。幕後一大功臣是三小姐雅榆，她是導演，兼管影片剪接。已婚的二小姐慧真攜帶一子一女由大嫂陪同遠自德州趕回，當晚也上台，與兩個妹妹一起獻花給寶貝爸爸。當年雄姿英發、目前已華髮叢生的二哥，相信在台上是飽漲著滿腔喜悅的淚水，在他身旁調皮撒嬌了數十年的女娃們終於都長大了，都懂得回饋。

豐盛餐宴後，眾人分批與壽星合影，再受贈一袋二嫂親手調製烘烤的鳳梨酥和雅榆小姐耗時親織的肥皂籃，內置一塊有機肥皂。

遊逛

回台多次，還沒去逛過有名的誠品書店。說出心意，小弟響應，大哥也要去看看字帖。於是集體在週六（十四日）上午出發，在微雨中分乘兩部車，來到信義路一〇一附近的誠品店，大家分頭分層去遊逛挑賞。我買了一本川端康成的《古都》，再到阪急百貨的美食街與二嫂她們會合，點了餛飩麵，又嚐了惠美的台南小吃。接著打足精神去逛新光三越。一個多小時後，才挑中一雙鞋。亮給二嫂看，她差點跌破眼鏡，原來我千挑萬選，買的竟和上回的幾乎一模一樣。「怎麼不換個顏色或式樣呢？」「沒辦法，其餘的都不中意啊！」

桐花

週日（十五日）上午微濕，我們和三弟全家，分開四部車，南下苗栗。在間歇細雨中，硬去賞遊了苗栗三義的油桐花區。可惜白色的油桐花已紛紛掉落，蒼翠的山間應裊繞著鮮潔的山氣，惜因車輛都能長驅直入以尋停車位，而嚴重污染了兩旁密連店鋪的行人步道。抵達古蹟地「勝興車站」，我們越過鐵軌去對面山腰間一林中露天餐廳，坐享多樣客家小吃，這才覺遠離污氣，清涼襲人。

台塑

幾乎每次回台，一定聯絡童年密友高瑲吟。這回承她在十九日（週四）開車帶我南下桃園林口，參觀了王永慶的台塑企業文物館。此館呈圓形建築，就在長庚大學旁邊。入內即在櫃台獲贈王永慶生前親書的「勤勞樸實」等一套書籤。我們先上到六樓，巧逢一空閒的導覽人員，很是親切，帶領我們走逛遊覽，邊詳加解說。從六樓下來，一層層地繞走觀看，分別見識到台塑之外發展出的多種企業經營，包括醫療、石化、運輸、紡織、保健食品等等。為了服務老人，還策劃建立了老人村，種種構思，體貼入微，讓老人愉悅地安享晚年。惜國人「養兒防老」根深蒂固，登記遷入的老人還不大踴躍。

赴約

就為了一個心念，竟真的赴約去了。去赴外文系的約，與幾位從未謀面的校友見面。

緣起是去年八月中旬，突接台大外文系的楊會長由台寄來團聚通知，在郵費高昂的今日，相當感動！於是主動寄電子郵件給他，表示外子因行動不便，已無法回台。楊會長遂轉給諸多其他同學，引來不少關懷問訊的電子郵件，大家漸漸地你來我往，無所不談。畢竟都來自文學院，很談得來。愛拍照的余學長稱此為「空中聚樂部」，我稱之為Air Club。這次回到台灣，有點猶豫，要通知楊會長嗎？會打擾他們嗎？他們剛在四月間先後迎接了兩批由美返台的校友啊！繼而轉思，人生苦短，平安不易，能見面聊聊，為何錯過？

於是我們約在五月二十五日（週三）中午。來到敦化南路、八德路口附近，總算覓到了隱在二樓的「吉品」，是楊會長預訂的港式飲茶。見面的剎那我一點都不知道對方是誰，還得他們主動伸手報名。除了在郵件相片中常見的余玉照學長外，見到了最近有喪媳之憂的林彥男學長（與外子也在成功同學）、看來紅潤健康的楊明深會長（長於越南的香港僑生）和一身高雅打扮、晃著黑閃耳環和項鍊的賴淑卿學姊（又是個外文系美女）。我先代表外子向他們問候，又各送每人一本《詩窗小語》當見面禮。坐下一番寒暄後，漸排除陌生感而得以自在交談了。這是個奇妙而珍貴的聚會。返家當晚，即從郵件中收到余學長在席上踴躍拍照的成果；翌日，又收到他以快遞寄來的大作《田裡爬行的滋味》，點滴讀到了他的故事。原來他出身新竹農家，一路勤奮精進，並赴美取得博士學位，返台在各大學任教，屢任要職，包括文學院院長、新聞局顧問、光華雜誌總編輯、文建會處長、國際文教處處長等。這些頭銜，丁點未將他抬舉得傲慢，見到的是他燦著陽光的笑容、真摯熱誠的招呼，讓人滿心溫暖。為人當如是！

系聊

五月二十八日（週六）倒是和自己系上的五位同學在松江路的「御書園」聚了餐，暢聊一下午。意猶未盡，在五月三十日（週一）又約出陳光蓓到我娘家附近的金石堂喝下午茶坐聊（我已於五月十六日住回新中街）。又帶她出來，走到新中公園與媽寒暄，再送她去民生東路搭車。她看中了站旁店內新上市的「玉荷包」荔枝，正要採買，我說：「五一八來了！」老板娘忙接腔：「不急，五一八班次多得很呢！」

結語

轉眼，我已回到燠熱難當的亞城，日日熱浪襲人。總在古怪的時刻覺睏，而在古怪的時刻醒來。此篇提筆於清醒的半夜。雖已離開台北，腦中還迴盪著大愛台那股正洋的歌聲：「我的心——，在靜思中——感恩……」

二〇一一年六月四日

西岸紀遊

「If you're going to San Francisco..., be sure to wear some flowers in your hair...」（假如你要去舊金山，要在頭上戴些花……）

我在機上輕聲哼起這首多年前的老歌。的確，明媚的三藩市在美國是相當引人的，尤其久居東岸，更想去吸吸太平洋的氣息，暢享黃金州灣區的金陽和終年不斷的涼風。

最是濃摯同窗情

有三十四年了，我們沒見過面。大學時代嬌小靈慧的蘇慧瑛，而今幹練地開著藍色的本田車，準時迎在機場出口。昔日披肩長髮已舒爽地削成赫本頭，她興奮熱絡地下車迎接我。自從一九七七年春帶著四歲的兒子回台與她廝見後，竟然彼此在塵世翻滾中，未再互通訊息，而她卻是我大學四年中最親密的摯友。她來自嘉義女中，我常在中午去她宿舍尋她一道吃午餐。大三暑假我倆替教授工作，一道去南投埔里，在蕉林田園間走訪族人農家……而今她風采依舊，已熟讀了我去年送她的兩本散文集，對於我的生活習性和子女情況，瞭如指掌。一入車內，即遞給我一串香蕉和自做的蔬菜芝麻大餅。和我一樣，她將地圖存入腦中，還不慣用GPS，靈敏地上了二八〇高速公路南下，我們就開始一路吱喳，聊個不停。這久別的三十四年，豈是短短數小時所聊得完？

半個多鐘頭後，來到小女兒在史丹佛的研究生宿舍，沒想到慧瑛先後帶進來諸多為我準備的食物，更為豐盛驚奇：除了香蕉和厚實的芝麻大餅外，還有綠豆小米粥、涼拌木耳、海菜絲、蒸南瓜、一盒豆漿、一串她媽媽紮的鹼粽子、一大籃自種現摘的蘋果和好幾種大小蕃茄，加上一罐要讓我帶回亞城的蔬菜高湯。天啊！是數十年的思念麼？我的眼眶快濕了。也多虧這麼多東西，使我數日來不虞匱乏，天天早起，即有豐盛可口的早餐；進進出出，總有點心果腹；回到亞城，還有粽子。

我們在女兒的客廳繼續暢聊了數小時後，當晚按艾梅的計劃，去Palo Alto商業區一素菜館晚餐。未料到因是週六，還不到六點半，已處處車停滿滿，為找個車位，整整兜繞了近二十分鐘。這家館子很難得，供應的是糙米飯，迎上健康的潮流。老闆娘推薦了不辣的湖南豆腐，端上桌時，還騰騰冒煙，吱吱作響，引得隔桌老美好奇。豆腐燒得外脆裡嫩，挺不錯！

健行・飲茶・日本公園・漁人碼頭

東部時間使我數日來額外早睡早起。每每半夜兩、三點醒，躺到四點，即起身寫日記（艾梅讓我用她的房間，自己到樓下客廳鋪睡墊）。四周靜悄悄地，只窗外昏黃的路燈，孤寂地灑入窗來。直到快七點，天才濛濛亮，我就拎了相機，悄悄下樓，推門外出走逛，吸晨氣、捕風景去。看到了邁阿密常見的鳳凰木、各種熱帶棕櫚、高瘦的椰子樹和東岸罕見的各種巨大仙人掌，肥茸茸地構出特異景觀。

週日早晨，梅特地早起，要帶我去校園附近健行。艾梅年輕，步伐又大，幸好我在亞城早晚總外出快走，練就一番功夫，還算趕得上。可惜未能到達目的地Dish，因豔陽高照，坡陡又山禿無蔭，我稍感不適，連忙喊停。對梅說，我受不了坡，受不了熱啊！走回平地的林蔭小徑上去吧！原來我的健行，得有樹陪著才行。

是日中午，已訂好和梅的八位友人同赴Cupertino飲茶。我們分乘兩部車子南下，抵達蘋果公司的總部所在地，正逢其總裁Steve Jobs去世追悼期間，到處下半旗。來到牌樓偉立、亭園錯落、滿是漢字招牌的中國城，踏入「醉香居」。我對這批大部份是華裔的大孩子解釋這三個漢字，他們都大笑。團團圍坐，取用點心，他們各個拿起筷子都相當幹練，不是生手呢！

下午，艾梅一位來自新加坡、同實驗室的男孩子讓我們用他的車，開去北邊的Golden Gate Park。裡面有座日本公園，得買門票，倒是收拾得相當清爽雅潔，處處綠意盎然，亭台樓閣，鴛鴦戲水，塘魚穿梭，饒有情趣。出來路過音樂博物館，看到義大利歌劇作曲家浮弟和德國名作曲家貝多芬的雕像。

回到車內，繼續北上，去眺望有名的金門大橋，又往東去尋觀光客必遊之地——漁人碼頭。因車子停得遠，我們斷斷續續走了一小時才到達。沿途有不少往下的陡坡，有點膽戰心驚，這裡是山海交接處啊！遊人如織，洋樂流盪，人語喧嘩，林立的海鮮餐館，食客滿座。我們走到一家叫霧港的館子上樓落座，歇息點餐。長窗外，正是夕陽西下，海面霞光醉閃。不久，鮮美的餐點也來了。是個難忘的晚上！

回程，又往上跋涉了五十分鐘才回到車上。奔馳南下，回到住處，已近九點。臥床即一覺到天明。原來艱辛勞累的酬勞是如此美好！

史丹福校園

週一早晨，梅帶我坐學校的免費巴士去她的化學實驗室參觀，又順便上網印出我的回程登機證，並付了行李費。隨即帶我走逛史丹福校園。我們在暖暖的朝陽下，閒閒遊逛了一些主要景點，包括The Main Quad、Memorial Church、Science & Engineering Quad、Cantor Arts Center和Cactus Garden等地。最高的Hoover Tower正短期關閉著，不得入內。最古老的Red Barn建於一八七八至一八七九年間。史丹福的建校使我聯想到一代大詩人Robert Frost之父於一八七三年夏隻身來此黃金州闖蕩，翌年三月，詩人誕生於舊金山灣區。

史丹福雖比不上美國東北一些長春藤盟校的悠久，然矗立於晚開發的西岸，自有其歷史份量。該校以研究有名，全校共約一萬八千名學生，大學部只有約六千名學生，其餘上萬全是研究生，可見其研究風氣之盛。來此參觀訪問的各國各界人士絡繹不絕，我見到不少顯然是中國大陸來的觀光客，成群拿相機、操國語的，好奇地到處走逛拍照，指指點點。

與外文系校友聚

從仙人掌花園出來後，我們再搭免費巴士回到住處。梅改騎單車去實驗室忙碌，我獨留在她宿舍打點準備，有位外文系校友（外子的同學）會來接我出去。這裡早晚都非常冷涼，白天雖陽光溫暖，然微風襲來，總帶涼意，不像亞城那種潮潮一勁的熱，所以我總戴上遮陽帽，頸繫絲巾、腰纏外衣地應付。

且說那天近午，我全副春夏秋裝扮來到外頭轉角樹下，靜候徐校友從Oakland來接我去Mountain View的裘校友家。奇了！左等右等，就是沒看到她車子到來。在電話上，不是說有GPS嗎？到了十一點四十分，才見她匆匆玉臨。原來她開的是先生的車，而他的老GPS不聽使喚，有個字母一直出不來，使她一路奮戰。我說無妨，從這裡到Polly家，我已照其郵件指示畫出地圖，不用GPS了。然她勇氣可嘉，仍不服輸（北一女的精神或台大精神？）一路又和機器奮戰起來，最後敗北，只好採用我的地圖，這才到達，雖然又遲了二十多分鐘。入內，Polly已準備了點心瓜果，三人歡聚，坐下暢聊。到了兩點半，才想起該出外午餐了。來到一家湖南館子，已是下午打烊時候，幸好找到一家上海館子「竹林軒」破例讓我們進去點菜。環視全場靜悄悄，空無一人，只我們一桌。我笑對徐說：「妳今天遲得恰到好處，靜得讓我們好聊天呢！」

原計劃再去Google的總部，因時間不多，只是路過，就直接去附近一內海公園。下午的陽光仍熾，海風倒相當清涼。我們在岸邊綠野連綿的小徑上漫步，兼賞內海風光。黃昏，我們回到Polly住處，徐校友自己開車北歸，我由Polly送回女兒住處。在這家家活動滿滿之際，她們還能抽身為我折騰，甚為感激難忘！

當晚，梅直接從實驗室去交響樂團的彩排，我在宿舍，專心收拾行李。翌日一早六點多，梅即送我來到機場，結束了短短兩天半的西岸遊。回到亞城，細雨濛濛，翌日氣溫低降，得開始迎接亞城早來的冬。

二〇一一年十月二十一日

雙蕙潤我心
——淺談台灣散文家廖玉蕙與陳幸蕙

每次返台，總忍不住會去逛書店。娘家附近的金石堂，就是我回去經常駐足流連之地。萬沒料到這回從新中街走到民生東路口，它竟不再醒目地等在那兒，它消失了！驚問大弟，他說：「斜對面，還有一家！」

我直走到接近光復北路口，終於看到另一家。習慣性地先流覽文學部門，不意翻到一本有著美妙多彩的插畫，散文部份也相當美好動人。我購下了廖玉蕙的《嫵媚》。

在暢享寶島水果、美食，隨媽逛盡大小公園、收看大愛台，上網與親朋好友互通訊息之餘，廖玉蕙那情理交融的散文，適時提供了抒發閒悶的心糧。廖女士是東吳大學中國文學博士，可謂科班出身，難得運筆行文，清暢自然得不留斧痕。此書是作者於過往一年中，近五十篇在報上的專欄結集，多是人際關係的探討，對社會諸多詭異缺憾的怪相，以幽默生趣的筆調流出，令人莞爾回味。第二趟的金石堂行，再攜回廖女士另一部感人的散文集《後來》。她在二〇〇七年初驟然失恃後，以一連串坦誠淋漓的追憶篇章，重溯其母年輕時代當家的多才多藝、幹練玲瓏；如何對外圓轉、風光亮麗，對內嚴苛、威風八面；如何激勵子女在求學中更上層樓，牢牢穩住成長子女對她的向心力；晚年在體能、腦力日益衰竭下，卻仍堅毅如昔，偶現的退讓屈服，令作者心疼欷噓。她將其母的閩南語談吐，栩栩如生地字字表達出來，令深諳閩語者讀來額外親切，不熟者亦能感受濃濃的鄉土氣息。

首次接觸到陳幸蕙的文筆，來自那本《悅讀余光中》。台大中文研究所畢業的她細膩地剖析了諸多余光中的詩作，她下了三年的功夫廣泛涉獵研究，而解析得如此深入，相信已撞入了這一代詩人的心坎，難怪余光中在序中也想「悅讀」陳幸蕙。在三入金石堂時，就特別留意到她的作品，而挑中一本有著諸多精緻短文的《群樹之歌》。從此書中窺見她在擅於賞析外的另一項創作專長。她將諸多尋常花樹，以其特出的細膩敏銳，描繪得如是精美不凡。她在群羽中寫鳥，在群光中寫日月星螢，寫案盞街燈，且賞其題：日之金粉、月之銀練、星之素芒、流螢如線，流溢出文學之美。

好書豐富了我的旅遊。在喧譁速變的現社會中，欣喜於，覓到了一絲淨潔的清涼芬香。

二〇一二年六月二日

善的舒暢

曾幾何時，台灣的電視，已蓬勃發展到上百台，遠非我出國前的寥寥三台可比。因為多，頗令人眼花撩亂，目不暇給。每次回去，填補歇坐下來的空檔時，我仍偏愛純美純善的慈濟大愛台。「喜歡什麼」原是主觀的，相信有不少人根本不屑於收看此台，會覺得它良善得不夠刺激，無有情色暴力、驚悚懸疑，太超淡了。好比吃慣了麻辣油香，哪能欣賞青菜豆腐？倒是「大愛劇場」是我趟趟回去必賞不漏的。

最近熱衷於晚間八點檔的一齣《愛的微光》，從古早的日據時代直演到光復後。女主角那皎潔的美與純淨的善，很是引人！她綻開笑靨時，唇邊的酒渦襯得滿臉嫣然；連愁時的顰容，也是楚楚可人。劇中的她，對父母、對閨友、對公司同事、對男友及其幼妹，到婚後對丈夫、對婆婆、對小姑、對顧客等都秉其一派的溫婉柔雅，使其花樣容顏更讓人喜愛。男主角是一付書生氣息，在無父的艱困家境中，勤奮上進，在公司中升到主任，仍時時加班，還體貼在三代同堂中當可憐媳婦受苦受難的寡母，上班餘暇，幫做家務，照看幼妹，還照顧公公的果園。雙方在無比單純善良的互動中，包括男方的赤誠情癡、女方的顧慮矜持、自然地讓男女之情仍能流淌在舊時代的禮教規範中，無有忤逆衝擊，讓雙方長輩舒坦，也讓觀者感受到令人心怡的舒暢。劇中處處體現出舊社會的敬上恤下、克己厚人、勤儉務實的那份有禮儀秩序的美，深覺人際關係當如是。

反觀目前這緊湊繁複而多變的時代，「善」好像是平淡的異類，好像是落伍的東西。但它不對嗎？它不能風行嗎？其實在這商業掛帥的科技時代，在這環境及人心都嚴重污染的今日，善啊！恰是一帖清涼劑。若人人能平靜下來去欣賞接納，則山河大地與人際關係也就無災無難了。

二〇一二年六月四日

回味

今晨，寅時即起，禮佛抄經後，從冰箱底層尋出桂圓，調弄出一小鍋桂圓麥片粥。想起過去曾形容桂圓是「甜蜜的鄉愁」，才離開台北不過一個禮拜，怎麼鄉愁又來？

難忘在台北的三星期，日日早起。天濛濛亮，就赴民權公園跑道健行。林蔭小徑上，已有數位穿制服的社工人員在掃葉子。做晨操的、打太極的、隨音樂起舞的，一組組地散在各角落。歸途，我常順著富錦街往東直走，買豆漿去。店中蒸騰著米奶、豆漿的熱氣，黑黑的大平底鍋，煎弄出各式油餅，有菜肉餡的，有加蛋的。另一角落立著一大桶炸好的油條，大爐中烘著各種口味的燒餅，這些都是在海外百思不得的。

大女兒貞妮趁我在台，也從日本趕來相會，並探望高齡阿嬤。我在她停留的短短三天內，逮個清晨，帶她走路來到這家傳統道地的早餐店暢享。貞妮點了剛出鍋的韭菜蛋餅和熱豆漿。店東用幾句有限的英文和貞妮搭訕。回程帶妮拐入菜場，一攤攤琳瑯滿目的蔬果海鮮、衣鞋玉飾，甚至在地上一籠籠啼叫的公雞，都在妮的相機卡嚓下留影，惹得入鏡的攤販們受寵若驚。

這十足台味的市集，讓貞妮浮掠回去做集錦剪接。而我，寄望能一年年地歸去回味重溫。人生固然匆匆，若細細緻緻地去領受捕捉，縱寥寥二十一天，已覺多麼豐盛！

二〇一二年六月十五日

媽媽的智慧

——文賀媽媽九十嵩壽

真快！有緣能當媽媽的女兒，已滿一甲子了。這數十年來，媽媽的一言一行、待人處世，已成了我心中的準則，尤其在四十多年前父親往生後，媽媽更成為我們心目中的燈塔。不論打電話回台灣，或坐飛機回台灣，媽媽就是我們尋覓的對象。

媽媽常對自己早年沒能上學讀書深感遺憾，其實從她老人家多次來美的日常生活中，我觀察到她那配合天地的作息、隨順熱誠的待人、靈巧活潑的行事、虔敬專一的信仰，引領她過著正確明理、小我利他的智慧生活。

許是幼時慣了在山野，她來到林木茂密的美國，很喜歡白日在戶外穿梭。一大早起，她就漫步尋寶去。路旁石縫間一些尋常野草，在她都是叫得出名的草藥。回到家，這些帶土的綠寶就攤在後院泥地上曬乾，她老人家坐在小椅凳上，開始她在後院的「晨間節目」——忙著著手清理這些採來的寶貝。所以後院子經常東一堆、西一堆的有東西曬。陽光到了我們家，一點兒也不浪費，媽媽又晾衣服，又曬草，又曬自製的蘿蔔乾，後院子成了曬穀場，只差沒有一口井，好像回到農村景像了。回首看看現代青少年的生活，真不禁讓人搖頭，他們是寧可守住電視、電腦，而不願走到外頭一步，他們哪裡想到月亮、太陽？等夜深了，還上網尋覓，節目多多呢！媽說這叫「陰陽顛倒」。我完全同意，因為人類活在天地之間，要健康，先得配合天地的作息，為何科技竟奪取了這個定律？

媽媽還很擅於觀察周遭的一切而善加利用。記得我們以前住邁阿密時，媽媽來到我們後院湖邊，看到我們沿湖種有三棵樹，於是她很巧妙地在樹間紮起曬衣繩。除了晾一般的衣服外，還能晾洗衣機洗的大床單或大被單，不用丟入烘乾機，在陽光普照和湖風吹盪中，很快就乾了，又省電又香。一般讀書人都一板一眼，需要什麼就去買什麼，而媽媽是眼觀八方，看到任何合適的器具，她就善加利用，東西在她手上，已不只是一種功能了。我們常自己做豆漿，記得外子以前濾豆漿時，常要我幫他拉住紗布，媽媽瞧到櫃台附近有個金屬的洗菜濾水籃，馬上建議：何不在濾水籃上鋪紗布，再擱在大鍋上，就不用人手去扶了。濾水籃往下圓凹，容量又大又牢靠。媽媽這招改革，我們一直沿用至今。媽媽還從後院湖邊運了一批小石子，鋪在前院落地窗旁，蜿蜒地排出一條小徑，徑旁矮牆內，種了一株清香的梔子花，蔚成一幅典雅的院景，而我不用花錢去買昂貴的鵝卵石，一樣可以美麗！

媽媽雖然沒進過學堂，可是她腦筋之靈慧，絕不遜於飽學之士。從沒見過她手邊有什麼記事本，但一早起來，她就能有條不紊地一件件做去，做得靈巧俐落，周全不漏。記得一九九二年初夏她來亞城那次，我曾細細記下她老人家的動態作息。是她的長孫文霖去接機載她過來。只見她除了一箱自己的衣物外，還有一大紙箱各色的中藥和草藥，加上手上拎個滿，有一大袋盆花、花種、菜籽、蕃薯葉等等。晚餐後，媽媽就興奮地到處尋找地點種花：在松樹下種了小紫花、籃球架下栽了水仙花、野叢邊撒了肉豆和向日葵，又將一盆肥碩的怪草（後來才知是蘆薈）放在磚台上，接著尋覓地點要種梔子花。翌晨，媽已在後院涼椅上撥弄著蕃薯葉，下午她在後院開闢了菜園，種下了蕃薯葉梗和小白菜。接著數天，不是聽慈濟錄音帶，就是有好友來寒暄。某天下午她睡醒，還展紙畫圖，當晚又剁草仔，說是次日要做草仔粿。這期間還教我紮素雞、蒸蘿蔔糕、做豆花、煮仙草。反正她老人家是節目多多，一個接一個來，全她自己排。不像有些老人，只會懶散茫然地看電視。她不用筆記本，直接了當，從腦中順暢流出。哪像一般讀書人，什麼都得經過紙和筆才能進行。

媽媽從不講究華衣美食，衣服是夠穿就好，飲食是清淡即佳。她不像大部份人，時刻在為自己著想，她正相反，她是時刻在想助人。來到美國，她可以很快地和我們的好友不論什麼國籍打成一片，有什麼好東西，就想著要送人。她曾送我的美國友人一條她歐遊買回的德國琥珀項鍊；在佛州小弟家時，也和小弟一些洋朋友融洽往來。我覺得好笑的是，有回也住亞城的侄子文霖家中有德國客人來訪，侄媳正懷孕乏累休息，未能起來待客。媽後來告訴我，她在文霖家，還用粽子餵德國小孩呢！她在衣食上是如此薄己厚人，唯一最大的享受是遊山玩水，她之喜愛大自然的花草，甚於一切珍寶。因為她不挑食，雖然茹素，出門旅行還是開懷暢遊，沒什麼不便。甚至到了歐洲，許多同團者因不慣洋食，深感痛苦，而她只要不是肉，一切蔬果，都可入口。於是遊遍美國、歐洲、中國、日本、泰國、印尼、澳洲等地，都能盡興而歸。

不少人有自己的特定模式，一定要符合自己的才會快樂。而媽媽之所以快樂，正如《金鋼經》上須菩提所言：「無有定法，如來可說。」一切隨順隨緣，挺容易滿足。她曾說過，只要早上起來，看見太陽，她就快樂。多麼單純，也是多麼有智慧的快樂哲學啊！

媽媽給家人親友最深刻的印象就是她那極為虔誠的宗教信仰和樂善好施。數十年來，她從未間斷過她的佛經早晚課。我們都知道，她是許多東西都要「拜」過才能吃啊！與其說是拘泥形式，不如說是她在培養一份虔敬的胸懷，讓心中常有神佛在，類似基督徒的先禱告謝恩再進餐吧？她的樂善好施即是她佛學修行的付諸實踐，她常說：「明裡去，暗裡來。」她對諸多苦難人家的無私奉獻，可能無形中，間接地賜給了身在海外的我們多少福報平安呢！

總之，我永遠以媽媽為榮，感恩她能一直勇健，安享高壽，不用我們憂心。她的智慧像是陽光，給我們恆久的光明與希望！

二〇〇八年春

寫於慶賀媽媽九十嵩壽家族團聚之前

當夕陽落山
——哀悼媽媽往生

自從數年前媽媽因年邁體衰，不便再像以往那般健朗得隨興來美，探看我們，每年五月，學校一放假，我就興匆匆返台去看她老人家。但心中隱隱知道，遲早總有一次，再也看不到她。

今年春節剛過，正月初五，台北即傳快電，滿九十二高齡的媽媽昏睡不醒。二哥速從日本趕回，大哥、小弟也先後自加州、佛州飛回。可憐我滯在亞城，困於繁多俗務中，動彈不得，只頻頻以電腦和台北skype互通訊息。三月八日黃昏，我出外散步，兜了一身夕陽回到家，查到小弟的電話留言，媽媽於台北三月九日清晨五時安然往生。我出奇平靜地接受，倒無痛喪考妣的悲慟。是因隨時有心理準備，而沒有崩潰？是平時綿密的佛號所練就的鎮定？是四十九年前喪父時，所有哀痛已潰堤清空？我只平靜地領受上天的安排。當初曾一再對台北家人囑咐，不要讓醫生用任何人為延命的方法帶給她老人家痛苦，就得「走」得安然才好。感恩上天！慈母是壽命的自然耗盡，未受任何病苦折磨。感謝五妗引來數位慈濟人的臨終助念，在佛號聲中，送她最後一程。縱然當子女的巴不得老人家壽比南山，巴不得老人家能陪我們一輩子，但可能嗎？

回顧過去四十九年來，在沒有父親的歲月中，我和兄弟們都還能過得溫暖幸福，要多虧勇敢的媽媽一手撐起，在為我們遮風擋雨。一般形容母親如月亮，但我的媽媽是太陽！她的浩瀚愛心無所不到，總讓周遭的人感到溫暖。所有親友都領受過她的開朗熱誠，有求必應，見義勇為，人溺己溺。記得二舅舅家的豐美表姊，自幼喪母，二舅的續絃自己也有一群子女，難以給她周全的照顧。有回正值青春年華卻長得纖弱的她來到九份住我們家，媽媽對她甚為關愛，當作自己的女兒，把她照顧得豐潤健康起來。媽擅縫紉，又為她裁製了一件款式好美的洋裝。

小弟剛來佛州留學時，相當艱困。一年後接眷來美，媽也隨著媳婦和年幼的孫女兒過來。孫女兒婷婷沒什麼玩具，手巧的媽媽耐心地用布縫做出各種布娃娃、布魚和布白兔等，小室中瀰漫著克難中的溫馨。媽媽總是懂得雪中送炭，而非錦上添花。她喜歡助人，自己卻克勤克儉。她常吩咐媳婦們，不要給她添購任何新衣，她已經夠穿，只要穿不破，她就一直穿。也不像一般人那麼追求美食和甜食，她長年茹素，不求精緻，只求清淡。腦中常想著禮佛、拜佛、念佛，諸惡莫作，眾善奉行。若有餘暇，她愛旅行，她愛大自然，她愛看花、種花，更愛畫花。到了晚年旅居陽光明媚的佛州時，常在小弟家陽台間的池畔桌上，在孫女兒們的圍觀中，專情塗抹揮灑。其特出的明豔在二哥為她舉辦的畫展中，大大出了鋒頭。

媽媽，您雖如西下的夕陽落山了，您的慈暉永遠亮在我們心中。您信佛的專，善巧的慧，大智的勇和無私的愛，領著我們在變幻無常的人世中繼續奮鬥前進！

二〇一三年三月十二日　完稿

奔鄉

台灣啊！台灣
妳在多麼遙遠的地方
每次讓我坐機　坐得
日久天長，地老天荒

倒底要多久
纔能接近白令海峽
纔能飛越日本
回到心懷的故鄉

四十多年前
為何那般癡傻
膽敢貿然離鄉
飛越大海大洋
來到陌生的番語異邦

引得懸心的媽媽
不辭萬里迢迢
和我今日一樣
坐機坐得
日久天長，地老天荒
而滿懷愛心的她
竟前後坐了十多趟
是愛的偉大？愛的力量？

當她逐漸衰老，當她不再奔勞
換我年年　過海飛洋
為探慈顏，為息懷想

而這回竟是
莊嚴噙著淚水
去面對她的遺照慈暉

二〇一三年三月二十九日　寫於Delta機上

春寒抒情

自從在三月八日黃昏聽到小弟對我撫慰的電話留言：「大姊，媽媽平安往生了，請放心。」我平靜地怔著，一時如同被掏空，如同陷於痲痺。表面上好像挺理智，挺鎮定，學佛者，原就要修渡此關，若隨俗般崩潰，也枉費平日念佛了。

然一個多月來，在平靜的「鎮壓」下，心頭卻仍罩著難言的落寞。春來花開，我也迎春，我也賞花，卻已淡了歡愉，平添了寂寥。彷如心中罩上濕霧，不知陽光匿在何處？書香社的劉教授美意地勸慰：「一個善良的生命是一首歌。」煞時照亮了我的悲心；而我也佯作堅強地寄郵件給兄弟們：「假如我們傷痛，就是對上天的安排抗議。」但無論什麼話語，仍除不去心中那團濕霧，只得認它，順它，讓時間自然地淡它吧？隨其來去，了無牽掛。萬象萬物，原幻化無常，若執有畏失，則恆墮苦海，焉能輕安超脫？

當我再也無法在電話上喚聲媽媽，再也無法在信紙上寫著媽媽，在無邊落寞之餘，不得不面對現實，不能不真正認知：她老人家真的是俗緣已了，和我們相處真的是告了一個段落。千呼萬喚，再也喚不回。

又將迎接一個飄滿愛與感恩的母親節，我格外緬懷媽媽過去的無限關愛、豐厚賜與和永恆的心糧，衷望她老人家的慧靈已蓮華化生西方淨土，微妙香潔。

二〇一三年四月二十一日　乍暖還寒日

台北浮掠

又回到台北，又回到孰悉的台北。只是，我親愛的媽媽呢？我像個歷盡滄桑的旅者，以失落的心魂來重新接納換了幕的人生。

偶歇

縱使媽媽不在了，我還是回來。這張五月行的機票早就訂好，我還是想看看台北，我心中永恆的故鄉。

五月二十二日晚上抵達後，常半夜三點多就醒來盼天亮。不大像時差，因為大白天也勤密地活動，像在亞城時一樣，沒歇睡，是在飛機上就調好了嗎？

第二天有同學會。第三天早上，就迫不及待來到民生東路、光復北路口的書店《金石堂》，很驚奇地發現鐵門下垂著。低頭看錶，九點半，呵！說不定十點才開。這亮晃晃的上午，對於早起者，好像遠比一般人還漫長。想自己三點多醒，四點半起，五點就去公園健行，六點已去富錦街吃完豆漿早點，兼去街頭漫行買水果。八點大弟的女兒上班，我可用她的電腦查郵件。捱到九點半，彷彿已過了半世紀，台北的太陽早火紅得沸騰了。

還有半小時待打發，且左轉彎入尚未遊逛過的南段光復北路。直直南行，觀賞著在逐漸甦醒中的家家店鋪，零落地有不少精美服飾店和精緻餐廳。注意到角落有一家收拾得相當潔淨清爽的豆花店，一組組的桌椅，從室內直擺到店外騎樓下，涼透的冷氣也外溢出來。有點心動，待會兒走出一身汗再說。一逕向南，壓低了帽沿，還取出摺扇，抵擋愈來愈熾烈的陽光。跨過延壽街，直到接近健康路，心想時間「踩」得差不多了，才折回。

如願，來到那家豆花店，那在亞城難得品嚐的新鮮豆花，白嫩嫩一大盅，還有琳瑯滿目的各色添料任選。我挑了花生、小紅豆和芋頭。捧著紅紫白一大盅繽紛，歇坐在店外的圓桌邊，仰望不遠處聳出車水馬龍上的深幽行道樹，舒閒地暢享這段難得的晨光，這段無有塵事家累的旅遊時光。腦中忽掠過劉墉筆下的巴黎香榭麗舍，竟覺這兒也可以是巴黎，也可以是香榭麗舍，只要心中悠然。

鞋趣

台北，這多年來一直充滿著活力的大都會，除了聞名於世的一〇一大樓，在各大著名街道，如忠孝東路、民生東路、敦化南北路、南京東路、松江路、中山南北路、仁愛路等等，數不清的現代摩登建築，如雨後春筍，到處林立，在冷氣開放的大型巴士窗外，一棟棟壯偉地掠過。台灣銀行、彰化銀行、華南銀行、兆豐銀行、法國巴黎、元大銀行、永豐、日盛等等數不清的壯觀銀行，群集連片地傲立時髦地段，令人目不暇接。

不論是享坐在舒適巴士上，或行走於熙攘人群中，我注意到不少女士足登各色各樣美麗的平底鞋，有著諸多在美國難得一見的淑女式樣，有著繽紛而不尋常的顏色。我見過淡棗紅、森林綠、嫩桃紅、蒼苔綠、粉灰藍、金棕黃、豔橘紅、淺水藍，數不盡的美，讓人驚豔，遠不是許久前的黑白時代。甚至小女孩兒的鞋也多采多姿。今早在民生東路趕赴三民圓環要搭零東時，見一位媽媽牽著個三、四歲小女娃，小腳上竟是一雙小巧紫紅的高檔軟鞋，高貴可愛得令人屏息！

這就是台北，是許多人忙碌穿梭的台北。沒錯！經濟仍然不景氣，女士們的衣著大都樸實無華，少有過份的亮麗華奢。精品店在五折、二折、甚至一折地大減價。但她們的鞋啊！讓她們踩著多采的步伐忙碌地前進。

二〇一三年五月三十一日

果緣

這人情味熱熱黏黏的寶島，端陽未到，連天氣也熱熱黏黏起來。沒有一次外出，不緊戴著遮陽帽，快步前行。進出一趟市場，往往汗水淋漓地提著汁水淋漓的鳳梨、荔枝或西瓜等，回家暢享一番。這些無比鮮甜美味的亞熱帶水果，恰是上天對亞熱帶島民的最佳恩賜吧？我是寧可流汗奮鬥於豔陽下，不願終日窒居於冷氣屋中，奢享涼福。不用流汗的人生，也無從感受到上天的豐厚賜與。就得在揮汗如雨中，方能品到蜜甜多汁的美呢！

空悟

曾經，這是媽媽早晚誦經的佛案；曾經，這是媽媽早晚常坐的座椅；曾經，這是媽媽歇息過的床。

這趟回來，面對太多的空，惆悵地驚覺人世的匆匆。外出遊園，曾經，這是外勞阿妮推著媽媽常走的小徑；曾經，這是我與媽媽並肩共坐的樹下石椅；目前都成空，都是回不來的空，連阿妮也已回去印尼老家，銷聲匿跡了。

這不斷變幻的人生舞台，空騙了世人的執、世人的癡，空剩我孤獨地無奈穿梭。心知，有朝一日，我自己也將消失。只能日日感恩，把握當下。噙住淚水，且去探望也已年邁、但仍健康的叔叔，和他暢聊往事。

二〇一三年六月二日

蝶舞

台北，從五月二十七日上週一，就是好友瑲吟帶我遨遊北投溫泉公園那天開始，連著燠熱了整整一星期多，今晨才陰斂起來。晨六點，已健行過，吃了燒餅豆漿，沿著熟悉的富錦街，閒閒地漫步。兩旁是齊整的行道樹，又來到熟悉的三號公園。

時候尚早，仍靜悄悄無動靜，僅一、二位早起者穿梭。我歇坐在樹下涼椅上，怡然閒望四周遍植的奇花異草。忽在一叢盛開的小紅花上，看到一隻小白蝶翩然輕舞，使沉滯的花木園景煞時生動起來。牠舞過這頭，再舞向那頭。這時珍貴的微風舒暢襲來，那纖柔的小白蝶彷彿毋須使力，就任風兒將牠吹向對面那叢紫花林中。可惜只不過是「一隻」，再難覓到第二隻舞者，就像我在亞城的晨昏散步，偶爾能看到的不過是一隻小蝶，也往往是樸素的白，孤寂地舞在這日漸污濁的人世。至於夢想中大群五彩斑爛的粉蝶炫麗起舞，只舞在遠去的舊時代吧？

記得初三那年，正迷梁祝，我和不少同學在新生南路上的女中裡，一起織著少女的夢。一面迎戰高中聯考，一面陶醉於黃梅調的旖旎。鄰座的王順芳有著一雙美麗的鳳眼和一付瓜子臉，典型的江蘇美女，和當時無數女學生一樣，迷戀凌波迷得心魂出竅。有回癡望窗外的操場，巧見一對白蝶翩翩起舞，她竟情不自禁地脫口而出：「那就是梁山伯和祝英台吧？」在那空氣還算清新的時代。今日再難看蝶成雙，有那麼一隻，也聊勝於無了。

聽得周遭有點淅瀝，雨絲輕灑了。我起身走出園子，得回去打點，明早上機呢！

二〇一三年六月四日

釀文學173　PG1231

草原之歌

作　　者　藍　晶
責任編輯　段松秀
圖文排版　楊家齊
封面設計　李孟瑾

出版策劃　釀出版
製作發行　秀威資訊科技股份有限公司
114 台北市內湖區瑞光路76巷65號1樓
電話：+886-2-2796-3638　傳真：+886-2-2796-1377
服務信箱：service@showwe.com.tw
http://www.showwe.com.tw
郵政劃撥　19563868　戶名：秀威資訊科技股份有限公司
展售門市　國家書店【松江門市】
104 台北市中山區松江路209號1樓
電話：+886-2-2518-0207　傳真：+886-2-2518-0778
網路訂購　秀威網路書店：http://www.bodbooks.com.tw
國家網路書店：http://www.govbooks.com.tw
法律顧問　毛國樑　律師
總 經 銷　聯合發行股份有限公司
231新北市新店區寶橋路235巷6弄6號4F
電話：+886-2-2917-8022　傳真：+886-2-2915-6275

出版日期　2014年11月　BOD一版
定　　價　230元

國家圖書館出版品預行編目

草原之歌 / 藍晶著. -- 一版. -- 臺北市 : 釀出版, 2014.11

面； 公分

BOD版

ISBN 978-986-5696-53-5 (平裝)

855 103020723

讀者回函卡

感謝您購買本書，為提升服務品質，請填妥以下資料，將讀者回函卡直接寄回或傳真本公司，收到您的寶貴意見後，我們會收藏記錄及檢討，謝謝！

如您需要了解本公司最新出版書目、購書優惠或企劃活動，歡迎您上網查詢或下載相關資料：http:// www.showwe.com.tw

您購買的書名：________________________

出生日期：________年________月________日

學歷：□高中（含）以下　□大專　□研究所（含）以上

職業：□製造業　□金融業　□資訊業　□軍警　□傳播業　□自由業

□服務業　□公務員　□教職　□學生　□家管　□其它_____

購書地點：□網路書店　□實體書店　□書展　□郵購　□贈閱　□其他

您從何得知本書的消息？

□網路書店　□實體書店　□網路搜尋　□電子報　□書訊　□雜誌

□傳播媒體　□親友推薦　□網站推薦　□部落格　□其他________

您對本書的評價：（請填代號　1.非常滿意　2.滿意　3.尚可　4.再改進）

封面設計____　版面編排____　內容____　文／譯筆____　價格____

讀完書後您覺得：

□很有收穫　□有收穫　□收穫不多　□沒收穫

對我們的建議：________________________

請貼
郵票

11466
台北市内湖區瑞光路 76 巷 65 號 1 樓
秀威資訊科技股份有限公司 收
BOD 數位出版事業部

(請沿線對折寄回,謝謝!)

姓　　名:＿＿＿＿＿＿＿＿ 年齡:＿＿＿＿ 性別:□女 □男

郵遞區號:□□□□□

地　　址:＿＿＿＿＿＿＿＿＿＿＿＿＿＿＿＿

聯絡電話:(日)＿＿＿＿＿＿＿＿ (夜)＿＿＿＿＿＿＿＿

E-mail:＿＿＿＿＿＿＿＿＿＿＿＿＿＿＿＿